風の果て

目次

一章

春の風

（一）

列車はＪＲ内房線安房勝山駅のホームに滑り込んだ。

ホームに降りたのは涌井洋平と老夫婦だけである。駅前は閑散としていた。

前回、来たのは確か昨年夏の頃であったが、夏休みだというのに観光客もなく、駅前にしては人がまばらだったように記憶している。

——さてと。

洋平は呟いてポケットの財布を確かめてから歩き出した。少し歩いたところに和菓子屋がある。古びた店であるが、こぎれいにしていて感じの良い店である。

「いらっしゃいませ」

店の風情には合わない若い娘である。歳は同じくらいであろうか、美人とは言えないが明るく屈託のない笑顔である。

「何がいいかなあ」

和菓子などめったに買ったことのない洋平は実際に迷っている。

「お使い物ですか？」

「そう、祖父母を訪ねて来てね。手土産にと思っているんだけど、和菓子など買ったことがないものだから」

「そうですねえ。それだったら、びわ大福などいかがでしょう」

と言って、詰め合わせの箱を見せた。三千五百円とある。ちょっと予算オーバーだが仕方がない、同年代の女子についい見栄を張ってしまった。それと、今回の祖父母宅の訪問は十日くらいの滞在を予定しているので、ゴマすりでもある。

温暖な気候である南房総はびわが特産で、産地の中心は少し南に下った富浦と聞いている。時期は六月頃であるが、加工品は年中ある。

ありがとうございます、と言って手際よく包装し手渡してくれた。笑顔がいい。

「ありがとう。祖父母も喜ぶよ」

町は閑散としているが空はどこまでも青く、三月初旬の南房総の風は頬をなでて心地良い。時刻は午後二時頃であろうか。時間もまだ早いし、昼飯は千葉駅で済ませてきた。腹ごなしに道草でもして行くかと、国道をまたぎ、街中の川岸を下って海辺に出た。

近年では少なくなった老木の松並木が続き、その先には民宿も二、三軒あるらしい。凪ほどではないが左手の海は早春の陽に輝いていた。その輝きの向こうには平たく黒い三浦半島が線を引き、その奥には明るいグレーの伊豆半島が寝そべっている。富士山は半島の付け根に淡く霞んでいた。

この地が安房勝山とあるのは、紀州（和歌山県）の勝山からきており、白浜などもかつて黒潮に乗って、紀州人がこの地に漁業を発展させたと言われている。漁を求め、出稼ぎし、後に定住した。

勝山港はかつて捕鯨の基地としても栄えた。隣の保田港は江戸期には江戸や三浦半島との海の交通における、南房総の玄関口として大いに栄えたと歴史にある。

したがって、海上交通の玄関口であった鋸南《きょなん》町という地は、古くから文化人や芸術家が温暖で風光明媚な南房総に散って行った。今は過疎化しているこの地域も、かつては歴史を作ってきたのだろう。

そんなことを思いながら、短い松並木をぶらりと抜けたところで背後から自転車らしき音が近づき、チリンとベルを鳴らしながら横をすり抜けて行った。二十メートルほども行った頃であろうか、老人が乗った自転車が急に前にのめってから横転したのである。舗装がはげた窪みにはまってハンドルを取られたらしい。よそ見をしていたのであろう。

洋平は走った。

「おじいさん、大丈夫ですか！」

「大丈夫じゃねえよ。いてて。膝をやられたらしい……。じいさんはよけいだ」

左足の膝を抱えている。相当に打ったらしい。ズボンが破けて血がにじんでいた。左腕のシャツも擦り切れているし、顔面も擦り傷が痛いたしい。

洋平はとっさにショルダーバックからスマートフォンを取り出して、救急車を呼びましょうかと、引きつった顔を覗いた。

「そうだなあ、これじゃ歩けそうもないな。骨をやられたらしいや」

しかめ面をしながら、頼むと言った。

十五分ぐらいはたったであろうか、やきもきしながらの時間は長い。ハンカチで傷を拭きながら、二、三会話を交し合ったりしているところに、けたたましくサイレンを鳴らして救急車が近づいて来た。洋平は立ち上がって車のほうへ手を振った。

病院は近かった。救急隊員に同乗を促され、迷いもしたが、ともかく病院まではと付き添うことにしたのである。

自転車の鍵をかけ、和菓子の袋は大事に抱えていた。搬送の後に救急隊員から事情聴取され、病院側から家族に連絡を取ってもらっていた。ケガ人の氏名は、青山泰造ということがわかった。

病院の受付事務員が言うには、家族に連絡がついて、お孫さんが町内の職場から早退をして来てくれることになったので、待っていてくれませんかということである。現場に残してきた自転車のこともあるので洋平は待つことになった。とんだハプニングとなったが、人助けでもあるし初めての体験でもある。

しばらくは待つことになるだろうな。待合室の椅子にかけ、バックから単行本を取り出して読み始めた。

四十分は過ぎたであろうか。待合室の時計が午後三時半を指していた。待合室には受診待ちの人は一人しかいない。

「涌井さんですか」

若い女の声で、看護師も一緒である。

「あら、びわ大福の……」

あまりの大きな声に周囲もびっくりである。

「やあ、和菓子屋さん」

「このたびはおじいちゃんが大変お世話になりました。青山里江と申します」

屈託のない笑顔である。

「僕は涌井です。洋平と言います」

「青山様は膝の骨折ということです。一週間くらいで退院できると先生が申しておりました。病室にご案内しましょうか」

看護師が事務的な顔で里江に向かって伝えた。

「ところで、君はここに来るのにどうやって来たの、車ですか」

「ええ、軽のワゴンですけど」

「ワゴンだったら積めるかな。実は事故現場に青山さんが乗っていた自転車を置きっぱなしなんですよ」

洋平は事故があってからの経緯や、自分は祖父母の家に訪ねて行く途中であったことなどを手短に伝えた。

「わかりました。これから先生の説明と祖父に面会して入院手続きを済ませてきますから、待っていてくれませんか。一緒に現場へ行きましょう」

深ぶかと頭を下げてから看護師と病症棟に去った。

しっかりしている。洋平は感心した。

洋平は後部座席に乗った。現場までは十分とかからないであろう。

「祖父がよろしく伝えてくれと申しておりました。ところで、あなたは祖父母を訪ねて来たと言いましたが、どちらからですか。それと、学生さんですか?」

「東京は葛飾です。柴又帝釈天を知っているでしょう。フウテンの寅の。祖父母たちも十八年前にそこから移住して来たんですよ。それと、僕はM大の、来月から三年です」

里江はハンドルを握りながら前を見ている。西の空が夕焼けの支度をしていた。

「ところで、君は青山さんのお孫さんでしょう。両親はどうなんですか、面会に来たのが君だから」

「そうですね。普通でしたら親が来るところでしょうが、母の職場が館山市で、早退できないということで私が来たのです。それと、家族は祖父と母の三人暮らしなんです。父は私が中一の時に病死したんですよ」

あっけらかんとして言った。なおも付け加えた。

「私も来月から看護学校に入学なんです。和菓子屋さんはバイトなんですけど、学校に行くようになっても、できるだけバイトしようと決めています。母のパートと祖父の年金だけでは厳しいですから」

やはり、しっかり者だ。洋平は心の隅で少し反省している。

「ところで、おじいさんは結構、頑固ですね。おいくつなんですか」

「祖父は確か八十二歳だと思います。たしかに頑固ですね。でも、やさしいところもあるんですよ。それと、絵描きとしては結構、名前が通っているんです。私は好きな作風ではありませんがね」

「えっ！　おじいさんは絵描きなんですか。偶然ですね。僕の祖父も絵を描いています。趣味の延長みたいなものですけど。祖父の名前は涌井洋三と言います。おじいさんに聞いてみてください」

　松並木が見えてきた。洋平はもっと話していたい気持ちもあった。

「あそこです、自転車が見えるでしょう」

「乗るかしら」

「座席を全部倒せば乗るでしょう」

　何とか乗せることができたが、助手席も倒さなければならなかった。

「困ったわ。これでは送っていけないわ」

「僕のことはかまいませんよ。そもそも道草して歩いていたんですから」

　ちょっと残念だが仕方ない。

「このたびは本当にご迷惑をかけて申し訳ありませんでした。できれば電話番号を教えていただけますか？」

「いいですよ、十日くらいは滞在していますから。何かあったら連絡ください」

　そう言って、連絡先を交換した。

「それじゃ、僕はぶらぶら歩いて行きますから。それより、一人で自転車、降ろせるかな」

「大丈夫ですよ。これでも結構、力があるんですよ」

　深ぶかと頭を下げてから乗車した。すがすがしい空気が残った。洋平はきびすを返して、ぶらりと歩き出していた。

海の向こうの空は一段と茜に染まり、伊豆半島は黒ぐろと横たわっている。右手の山肌はあくまでも穏やかに映えていた。


海辺から少し入ったところに祖父母の家がある。平屋のこじんまりした純和風の佇まいである。田舎暮らしをと、祖父母が移住してから十八年余が過ぎた。洋平は小学生の頃から年に一、二度は家族で来ていた。一人で訪ねるのは三度目であり、昨年の夏には一泊したが、今回のように十日の予定で泊まるのは初めてのことである。

十日も泊めてもらうのには訳があった。春休みでもあるし、大学の気の合う仲間七人で同人誌を発行することになり、今回、二号の刊行のため原稿を書き上げるのである。

――のんびり構えても、十日あれば。

洋平はどちらかと言えば、おっとり型である。

「洋平です、お邪魔します」

チャイムも鳴らさず、いきなり玄関の引き戸を開きながら声をかけた。返事がない。庭のほうであろうと裏に回った。

裏が南向きで、十坪ほどの庭には実の成る木が植えられ、花や野菜の菜園になっている。

祖母、房枝だけがいた。改めて、お邪魔します、ご無沙汰しています、と言って大きく伸びをした。

「爺ちゃんは」

「元気かい、遅かったじゃないか。お父さんはウォーキングに行ってるよ。もう帰って来る頃だね」

西の空が真っ赤に染まっている。日没である。

「十日も泊まるんだったら着替え持ってきたかい」

「まぁ、それなりに。それにしても爺ちゃん、がんばっているね」

「歩いて体を動かさないと、なまっちゃうからね」

「俺も運動しないとなぁ」

洋平は高校までは剣道をやっていたが、大学に入ってから運動部に所属していない。確かに自分も体がなまっていると自覚している。

「久しぶりだなー、元気でやってるかい」

野太い声が後ろから被ってきた。祖父、洋三である。

「ご無沙汰です。何とか元気にやってます」

「ゆっくり泊まっていけるそうじゃないか。それにしても遅かったじゃないか。昼過ぎには来るかと思ったぞ」

「それが、ちっとしたハプニングがあって」

「ハプニング？　まぁ、いいや。房枝、お茶にしようか」

洋三はさっさと玄関に回り、家に入ってしまった。

房枝はぶつぶつ言いながら茶を入れて来た。自分の湯飲みは用意せず、台所に立って行ってしまった。夕食の支度であろう。

洋三は、アチッと言いながら湯飲みをすすっている。

「ところで、さっきのハプニングがあったというのは何のことだ」

「はい。その前に今日から長居をするので、お世話になります」

と言い、和菓子の包みを押し出した。

「びわ大福だそうです。駅前で買ったものです」

「ほお、手土産なんて、どういう風の吹き回しだ。房枝、びわ大福だってよ。丁度いいや、いただくとするか」

「これから夕食だというのに、後になさったら」

台所から声が飛んできた。

「いいじゃないか、ひとつやそこら」

包装紙を開け始めている。洋平もあれこれと動いたせいで甘いものがほしいところなので、そうしますか、と言いながら手を伸ばしている。

「ハプニングのことですが、青山泰造さん知ってますか」

「知ってるも何も絵の仲間で大先輩だよ。青山さんがどうした?」

洋平は駅前の和菓子屋から始まって、青山のお爺さんを救急搬送した事件を長ながと話した。

その間、洋三は大福を二つも平らげて茶をすすっている。

「それは大変だったなー、一週間くらいで退院か。近いうちに見舞いに行ってくるか。それにしても和菓子屋の店員が彼の孫だったとは知らなかったな」

お茶のお代わりを台所に催促した。相変わらず妻には横柄である。

僕が取ってきますと言って、洋平も二つ目の大福を口に頬張りながら台所に立った。

八時前には夕食も終わり、三人は無口である。

「ところで洋平。長居するようだが、観光でもあるまいし、毎日だらだらと家に閉じこもりという訳でもあるまい。剣道でもやるかい、町の剣友会にでも行ってきな。防具は俺のを使えばいい」

洋三も三年前までは稽古をしていた。

「防具も手入れをしていないからカビが生えているかもしれないがな」

「いいや、それは止めときます。だいたい高校以来やってませんから、今さらだめです。それよりやることが一つだけあるんですよ。のんびりもしたいんだけど」

「やりたいことって、何だい」

「原稿書きです。大学の仲間で同人誌を発行しているんです」

「へえ、同人誌ねぇ。しかし、今時の学生が同人誌なんて珍しいな。名前は何て言うんだい」

「それが『颪に向かって』という変わったタイトルなんです。社会問題をテーマに若者の立場から警鐘を鳴らしていこうという訳です。半年に一回の発行で、今度が二号なんです。いつまで続くかわかりませんが、少なくとも卒業まではと思ってます」

「洋平の今度のテーマは何だい」

「まだ具体化はしていないけど、高齢者の貧困問題かな。だから、いろいろ意見も聞きたいんだ。婆ちゃんにもね」

真顔で言った。

「そりゃあ、おもしれぇや。洋平もそういう考えを持つようになったのか。確かに今の世の中で暮らしていれば、考えるのも当たり前だ。俺は高卒だけど、高校の時にそういうやつがいて、よく議論したもんだよ」

洋三は今年七十七歳になる。

洋三の若い頃には安保闘争、真っ只中であった。職場は墨田区にあり、組合執行部に首を突っ込んでいた洋三は国会議事堂から日比谷・銀座へとジグザグデモに熱を上げたものである。組合活動や平和運動などの経験から、今も政治、社会問題には黙ってはいられない性分だ。

世間の片隅の話だが、洋三もわずかな年金で細ぼそと暮らしている。その年金も少しずつ減らされて、この先が思いやられる。あと十年くらいは生きたいものだが、どうなるものだろうかと溜息をついてしまいそうである。

「俺の意見だって？　レベルが高いぞ」

「そのぐらいにしたら、お父さんは理屈の塊だから。自己主張は油絵ぐらいにしてくださいよ」

房枝は横から口を挟んだ。そして、

「もお、十時半よ、そろそろ寝たら。明日からたっぷり時間はあるんだから。今日は洋平君も疲れているんじゃないの。布団敷いとくからね」

と、隣の部屋に立って入った。

「夕飯の時に一杯やるのを忘れてた。お前もちょこっとやるか」

台所から一升瓶をぶら下げて来た。洋三は日本酒好きである。自分の湯飲みに並なみとついでから、洋平の湯飲みにも注いだ。

あまり長く付きあってはまずいと思い、二口で飲み干して、疲れているからお先に寝ますと言って、荷物を抱えて部屋に入った。

――青山里江さんか。

洋平は暗い天井を見つめながら布団の中で呟いた。一気に飲んだ酒が腹の中で熱くなっている。

（二）

洋平は鋸山の日本寺へ続く参道を登っている。急な石段が長く続いていて、両側は照葉樹が生い茂っている。木木を抜ける空は早春の青が光っていた。

――気持ちがいい。来て良かった。

急な階段の少し先を猿の集団が横切って一瞬、驚いた。こんな身近に野性が生きづいているんだと感心しながら、足を止めて眺めた。

今朝、房枝から言われた。

「洋平君、今日は予定はあるの？　なければ天気も良いし鋸山でも登ってきたら。自分でも身体がなまっていると言ってたでしょう。だいたい、家族で来ていても一度も登ったことなかったでしょう」

そう言われて登って来たようなものだが、歩き出してしまえば春の風に吹かれて海岸沿いに歩き、参道まで気分良く来てしまった。

祖父の車を借りて、山の中腹の駐車場まで来れば楽で他愛のないことであったが、あえて歩いた選択は良かったようだ。

――のんびり行こう。

猿の家族を見送って、大きく伸びをしてからゆっくり登り始めた。

鋸南町という町名はその名のとおり、鋸山の南に位置することからきている。鋸山、日本寺の歴史は古く、正式名称は乾坤山・日本寺と言う。今から約千三百年前、聖武天皇の勅命と光明皇后の意向を受け、七二五年に高僧・行基によって開山されたと言う。当初は法相宗に属し、後に天台宗、真言宗を経て、徳川家光の時に曹洞禅宗となり今日に及んでいると言われている。

本尊は薬師瑠璃光如来で、良弁僧正・慈覚大師・弘法大師などの高僧が訪れ修行したと伝えられている。かつては、七堂・十二院・百坊を構えていたが、昭和十四年に登山者の失火によって、そのほとんどを消失してしまったらしい。

本尊を石仏化した大仏は日本一の大きさを誇り、千五百羅漢・百尺観音は類を見ない石仏群だと言われている。鋸山そのものが信仰の対象であり、名勝鋸山としてふさわしい。ただ、現在は信仰の場というよりも観光の山となっている。

登り切ったところに仁王門があり､その先にある表参道管理所で入山料を払い､管理所でもらった案内絵地図の順路に目を配りながら洋平は上を目指した。

大仏や道端の石仏群に歴史を感じながら山頂の展望台にたどり着いた。ゆっくりと歩いたつもりであったが、少し息を切らしている。

――やはり身体がなまっているな。

呟いた後で大きく息を吸って吐いた。

西北の眼下には金谷の小さな町並みと金谷港があり、その向こうには浦賀水道が青く広がっている。北東から南東にかけては山また山である。山と言っても房総の山は低い。一番高い山でも愛宕山の四百八メートルで、この鋸山も三百メートル余しかないが、連山である。

汗ばむ陽気ではあるが風が心地良い。バックからペットボトルを出し、枯れた草原に腰を下ろし、お茶を一気に飲んだ。大欠伸をしながら草原に仰向けに寝転んだ。しばらく目を閉じて放心していたが、瞼の裏側に女の顔が映った。青山里江の顔が無意識に頭を巡った。

――しっかり者の青山里江か。

きびきびした言葉づかいと行動が頭の中にこびりついている。

昨日、祖父はお前も社会問題を考えるようになったのか、というようなことを言った。自分としてはまだ漠然としていたが、彼女の現実に向き合う姿を見るにつけ、自分はどうなのか、今まではどうであったのか考えない訳にはいかないだろう。

彼女の話では、高卒後に地元の企業に事務職として勤務したらしいが、給料の安さや事務職が自分には合わないと昨年暮れに退職した。人の役に立つ、身体を使う仕事をしたいとの思いで、看護の道に進むため、この春から看護学校に入ることにしたと言う。

あくまでも青い空は天を貫いている。真上近くに輝く太陽はまぶしく直視できない。洋平はまた目を伏せた。

洋平の家族は信用金庫の支店長をやっている父親とパートの母、高校生の妹である。共働きで経済的には恵まれているのかもしれない。洋平も週三日アルバイトをしているが、家計を助ける訳ではなく自分のためである。

勉強だけはそれなりにやってきたし、教育学部を選択したのも教師という漠然とした進路はあってのことなのだが、のほほんと日日を送ってきたのである。

最近になって少しは社会に目を向けるようになって、大学の仲間と同人誌を発行するようになったが、もっと大事な自身の生き方や世界観ともいうべきものを真剣に考えてこなかったのだ。

——今がその時かもしれない。

洋平は胸の中で呟いた。

まぶしすぎる太陽と早春の風が頬をかすめていった。近くの茂みの中で、まだへたくそな声で鶯が鳴いている。

その時、突然、頭上から男の声がした。

「失礼ですが、涌井君じゃないですか」

あまりの突然で、すぐに返事ができずに上半身を起こして振り向きながら言った。

「ええ、そうですが……。あっ！　えーと、剣道部の、そうだ佐藤勝君、懐かしいなあ」

「変わってないね。ところで偶然だけど、どうしてここに？　一人旅かい」

「そうじゃないんだ。実はね……」

と言って、春休みを利用して祖父母のところに尋ねて来たことなどをかいつまんで話しながら立ち上がった。

佐藤の少し離れた後ろに女性が立っていた。

「あの人は彼女なの？」

小指を立てて、にやっとして洋平は言った。

「そう、まあね。久しぶりに休みが取れたので、南房総をドライブしようと引っ張り出したんだ。君も知ってのとおり親父の工場に入ってから、暇なしさ」

佐藤は紹介しようと言って、彼女を手招きした。

「彼女と式はまだ先の話だけど、一応約束しているんだ。翁長と言うんだ」

「初めまして。翁長琴美と申します」

「高校の同級で涌井洋平と申します。剣道部で一緒にやっていました。彼は部長で、強かったですよ。試合ではいつも大将でしたから」

琴美は小麦色の肌がぴんと張っていて、目鼻立ちがくっきりとし、口は一文字に結ばれ品がある。

「ところで、名前からすると、あなたは沖縄の方ですか？」

「はい、そうです。二年前、父の転勤があり、ちょうど私も高校卒業でしたので、家族みんな東京に転居したんです。墨田区に住んでいます」

凛とした顔が笑うとすがすがしい。

「羨ましい限りだ。俺なんか女のおの字もないからな、がんばらなくちゃ」

洋平は照れ笑いして、頭をガリガリと掻きながら続けて言った。

「俺はもう帰ろうと思っていたところだけど、町に下りて、お茶でもどう？　昼には早いけれど、昼飯でもいいけれど」

「俺たちも帰るところだけれど、昼飯はこの先の料理屋に予約しているもんで、お茶でもするか。積もる話もあるし、このまま別れるのはもったいないもんな。ただ、時間はあまりないよ」

佐藤は、じゃあ行くかと言って、洋平を促し下の駐車場に向かって歩き出した。

ファミレスはガランとしていた。飲み物を注文した。

「ところで仕事のほうはどうなの」

「仕事……。良くないね、下請けじゃ、かすかすだな。親子三人と従業員二人の零細企業。今の景気じゃ、仕事が回ってこないさ。政治のせいにして愚痴を言っても埒も明かないからね。俺が入ってから自社製品の開発を始めたんだが、難しいもんだ。ただ、異業種交流の協力事業で、少し先が見えてきたけど。結婚するまでには生産に結び付けないと所帯も持てないよ」

佐藤は一気にしゃべった。

――こいつもがんばってるな。

洋平はまたも頭をガリガリとやった。

俺はどうだ。むろん家庭環境が違うし、進む道もそれぞれだが、のほほんとやってきた。確かに自分は学生で勉学が本業だけど、青山にしても佐藤にしても心構えが違っている。それが言動に表れている。自分には何が足りないのか。天井を仰いだ。

彼らは現実に向き合い社会を観ている。そして、将来も見据えている。自分も社会と向き合おうと、同人誌の発行をと行動を始めたが、それは頭の中だけだし、まだ甘い。祖父と議論しよう。

「がんばってるなあ。発破かけられたよ」

「今の世の中は何でも自己責任で片づけようとしている」

「そうだなあ、結局のところ、弱いものに皺寄せがくる仕組みなんだよ。俺ももっと考えなくちゃ」

ちょっと間があって翁長琴美が呟くように言った。

「沖縄は基地の問題で揺れていますけど、日本の政治の縮図です。沖縄では戦後が終わっていないんですよ」

琴美はあえて洋平にやさしい眼差しを向けた。

「ところで、これから南房総を一周するのかい。結構、きついかも」

「どこを見なくちゃいけないということもないし、時間を見ながら適当にドライブするさ。帰りがけに道の駅にでも寄って、土産でも買って帰るか」

その後、高校時代の話や世間話をして、佐藤は時計を見た。

「ぼちぼち行くか。別れ惜しいが、東京でまた会おうや」

「ほんとうに今日は偶然だったなあ。また会おう。電話番号、知っているよな」

「ああ」

お茶代はワリカンにして店を出た。春の日差しが強かった。

「俺は歩いて帰るから、ここでお別れだ」

「じゃあな」

「お会いできてよかったわ。それじゃ、またお会いしましょう」

琴美は深く頭を下げ、笑顔を忘れなかった。

——いい嫁さんになるだろう。

洋平はすがすがしい気分で見送った。


昼ちょっと過ぎに祖父母の家に帰宅した。腹が減っている。まずは台所のテーブルに布巾がかけてあるのを確認し、庭を覗いたが祖母はいないようだ。車もなかったから二人で出かけたのであろう。玄関の鍵もしていないところを見ると近くかもしれない。

食事の後、部屋に入り大の字に寝転んだ。腹も満たしたし、快い疲れである。

——ひと寝入りしたら原稿でも書き始めるか。

十分もしないうちに寝息を立てた。

どのくらいたったであろうか。

「洋平君、お茶にしない」

房枝が顔を覗かせて言った。洋平はすでに起きていて、寝転びながら本を読んでいた。三時を回った頃である。

「はい。ちょうどお茶が欲しかったところです。甘い物あります?」

「あるわよ。近所に用事があって、そこの奥さんからケーキをいただいたのよ。紅茶にしようかしら」

すでに湯沸しポットが沸き立っている。

「ところで、爺ちゃんは一緒じゃなかったの」

お茶の支度をしながら言った。

「館山市に行っているのよ。後輩が個展をやっているんですって。夕食には戻るって言ってたわ」

東京にいた頃は絵本作家であった。祖母、房枝は祖父より二つ下だから七十五歳になる。生まれは山形県米沢で、東京の大学を出ている。洋三は高卒だが、反戦平和運動をしている頃に知り合ったらしい。こちらに移住してからは、たまに庭の草花をスケッチするぐらいだと、前に聞いたことがあった。もっぱら菜園を楽しんでいるようだ。

「婆ちゃんは絵本を書く気ないの」

ケーキを頬張りながら聞いた。

「そうねえ。もう二十年近くも書いていないから忘れたわ。それに今となっては気力もないわね」

「そうかなあ。でも、もったいないないな」

「ところで洋平君。原稿書きのほうはどうなったの」

「どうって、テーマで迷っているんですよ。爺ちゃんには高齢者社会の貧困問題にスポットを当てると言ったけど、若者にスポットを当てたほうがいいかなって。時間はたっぷりありますから」

頭をぼりぼり掻きながら続けた。

「実は午前中に鋸山に登ったでしょう。そこで偶然に高校の同級生と再会して、いろいろ話をしたんだけれど」

佐藤という同級生が親の経営する町工場を継ぎ、厳しい経営の中でがんばっていること、現実や将来に向き合っていること、彼女と結婚を言い交わしていることなどを一気に喋った。

紅茶をすすり、残りのケーキを口にほおり込んでむせた。

「それに……。青山さんの娘さんなんかも現実と向き合い、考えがしっかりしている。佐藤もその彼女も青山さんにしても、生活苦を感じさせない明るさがあるんだなあ。今までの学生仲間にはなかったから、頭が下がりますね」

また紅茶をすすりながら、自分のしまりのない学生生活を思い返している。

「でもねえ、洋平君。人それぞれじゃない。あなたは学生なんだし、それに社会に目を向けているじゃない」

房枝は紅茶をぐびっと飲んで続けた。

「いずれにしても、今の世の中の喪失感は少し異常ね。特に若い人はもっと社会に目を向けて行動しないと将来が見えてこないかもね」

さすが大学生の頃から反戦平和活動に関わりながら、絵本作家として実践してきただけのことはあると、洋平はその言葉に感心した。今は菜園好きの普通のお婆ちゃんになっているけれど、昔を思い出しているのかもしれない。

洋平は祖父母が好きである。好きというよりも敬意を持っている。何といっても孫扱いしないし、対等に向き合ってくれて、年寄り臭くないところが良いと思っている。ただ、祖父の口の悪さは難点だが、それも許容範囲だろう。

「洋平君はちょっと晩生だから、これからよ。楽しみだわね。それまで生きていられるかしら」


夕刻、西の空が茜色に染まっているのが部屋の中からも障子を通してわかる。しかし、風が強くなってきた。祖母とお茶をしていた時から気にしてはいたが、今ではかなり激しくなっている。家の外ではがたぴしとうるさく、遠くで海鳴りらしい音もわずかに耳に入ってくる。大西である。このあたりでは春の強い西風をそう呼ぶらしい。

洋平は本の続きを読んでいる。机の上の原稿用紙は真っ白のままである。夕食までには一時間くらいはあるだろう。田舎の夜は早い。六時頃には夕食だし、九時頃か、遅くとも十時には床につく家が多いと言う。

玄関の引き戸が開く音と同時に大声がした。

「帰ったぞー。それにしても、ひでえ風だ」

「お帰りー」

房枝が返した。台所から湯気が立っていて、いい匂いがしてくる。魚の煮付けだろうか。

「いい匂いだ。カレイの煮つけか？　酒の肴にもってこいだ」

テーブルに着く前に台所から一升瓶をぶら提げて来た。湯飲み茶碗はいつもテーブルの上にある。

「いいえ、金目鯛ですよ。それにしても座るが早いか、一杯ですか。呆れたものね」

「まぁ、いいじゃないか。ちょっと早いだけの話だ。ところで、洋平はどうしてる。鋸山はどうだった」

洋三は湯飲みに並なみと酒を満たして、顔を付けてすすった。

「部屋で本を読んでいるわ。今日もいろいろあったみたいね」

鋸山で偶然に同級生と会ったいきさつなどをかいつまんで話した。

「へえ、昨日も今日も偶然が続くもんだな」

口切一杯の湯飲みに顔を持ってゆき、たて続けにうまそうに酒をすすった。

「話は変わるけど、鈴木君の個展は良かったなあ。作品がみんな意欲的だった。さすがプロを目指しているというから意気込みが違うよ」

房枝は、それに答えず言った。

「ところで、青山さんのお見舞いはどうしたんですか？　病院のベッドで退屈しているんじゃないですか」

台所から煮物やサラダや漬物などをテーブルに運びながら言った。房枝は料理が得意である。

「そうだな、明日にでも行ってやるか。確かに退屈しているだろうな。あの人もじっとしていられないタイプだからな」

風が一段と音を激しくしている。

「洋平君、夕食ができたわよ」

房枝は隣の部屋に向かって声を大きくした。

三人は今日あったことなど、談笑しながら房枝の料理をうまそうに箸を運んでいる。洋三はすでに二杯目である。

「忘れてた。お前も一杯やれ」

「そうですね。それじゃあ、一杯だけ」

「一杯だけだなんて遠慮するな。ところで、明日にでも青山さんの見舞いに行こうと思うんだが、お前も来い」

「僕もですか?」

「お前は青山さんを介護した当事者なんだから、顔ぐらい出したほうがいい」

洋三の言葉はいつも断定的である。

「そう言われれば……」

洋三はうまそうに金目鯛の煮つけを口に運び、ぐびりと酒をあおった。この家に十日もいると酒癖がついてしまいそうだと、洋平は苦笑いをこらえた。

ひとしきり食事に専念した後に洋三が言った。

「書き始めたかい。文章は初めが大事だ。初めがうまくいくと乗ってくるもんだ」

「ところが……。テーマを変えようと思うんですよ。格差と貧困というところはいいんですが、高齢者の貧困を取り上げようとしたのは、身近に爺ちゃんたちがいたからなんだけれど、青山里江さんや佐藤と会ってみて、自分も含めて若者の現実や社会とどう向き合っていくかを見つめてみたいんですよ」

「そりゃそうだ。まずは自分と向き合うことだな」

洋三は箸を置いてから、湯飲みの底の酒をちびりと乾した。

「ちょっと、俺の部屋に来い」

一升瓶と湯飲みを持って自分の部屋のほうへさっさと行った。

「ご馳走さん。うまかったよ」

後ろに声をかけた。房枝は呆れたものねと言って、洋平に目で促した。

洋三のアトリエ兼書斎といった六畳ほどの部屋は、画材と書棚に本がびっしりと詰まっている。大きな机と椅子があり、イーゼルがあるので床に二人が座ればいっぱいである。しかし、きちっと整理されているのでむさ苦しくはない。

「まあ、座れや」

自分から床に胡座をかいて、さっそく湯飲みに一升瓶を傾けている。

「話の前に聞きたいんですが、爺ちゃんはすごく自信家なんだけど、それはどこからくるのかな」

「当たり前だ。七十七年も生きていりゃ、面の皮だって厚くなるさ。それと、これは大事なことだが、人の違いのひとつは、苦悩とか絶望とかを体験して乗り越えてきたかだ。いまひとつは社会や物事の真実を見ようとしたかだ。要するに真実を見ようとすると苦しむってことさ」

湯飲みをすすってから続けた。

「尊厳を持った人間というものは、そうやって成長するものだ。そこに、その人の価値観や世界観が生まれてくるということだ。社会的地位だとか経済力なんて関係ないね。どう生きようとしているかだ。これは負け惜しみなんかじゃない」

ずばりと断定的に言ってのけた。

洋平もちびっと飲んだ。相変わらず外では風が大騒ぎをしている。

「本題ですけど、格差や貧困はどこからくるんですかね。大もとは何ですか」

「語れば長くなるぞ。まずは欲望だ」

「貧困と欲望？　どういうことですか」

「人類は欲望の中で進化してきた。無論すべてではないが、欲望があるからこそ文明の発展があったし、科学の進歩があった。そもそも格差とか貧困は今に始まったことではない。大昔からあった。それを意識し出したのは民衆に民主主義というものが芽生えたからで、それは資本主義の始まりでもあったんだな」

洋三は残りの酒をあおって湯飲みを空に、二杯目を満たしている。

「もうひとつは戦争だ。紛争や戦争は一方で富を生み、他方で貧困をつくり出す。だから、資本家はどこかで戦争が起きてもらわなくては困るって訳だな」

「話がずいぶん大きくなりましたね」

洋平は今度はぐびりと喉に流し込んだ。外は相変わらずの騒ぎである。

「まあ、結局のところ、弱者は逃げまどい、食うにも困り、教育どころではない。だから無知が生まれ、貧困の連鎖となるってことだ」

「すみませんけど、もう少し身近な話にしてくれませんか。特に若者の貧困とか」

「それはな。子どもとか若者、高齢者の貧困とか言うけれど、要するに社会全体が疲弊している。さっき言ったように、それが弱いところに皺寄せされ、連鎖するということだ。若者だけを切り離してというものではない。親から子へ、子から孫へと連鎖してしまうことが怖いんだ。貧乏な家庭じゃ食うのがやっとで、教育どころじゃないだろう。ましてや高等教育どころじゃない。だから貧困は無知を生み、そこから脱出できないということだな」

洋三は一息入れ、二杯目を口に流し込んで続けた。

「パキスタンだったかな。マララって女の子を知っているだろう。ノーベル平和賞の。彼女曰く、政治家は嫌いだけど私は政治家になる、というようなことを言った。要するに社会を変革するには政治を変えなきゃだめってことだ」

その後も具体例を混ぜながら、話というよりも講義が続いた。十一時も過ぎたであろうか、洋平もちびりちびりとやっていたが酔いも回り、欠伸を手で押さえている。それを横目で見て、洋三もさすがにしゃべり疲れたらしく、またにするかと言って大欠伸をした。

外では風も収まってきたらしい。

（三）

薄曇の空に時折、早春の光が差し、昨夜の強風の名残が少し南風に変わって、生ぬるい風を運んで来る。

洋三の車で駅前に行き和菓子を買った。青山泰造の見舞いで、洋平も一緒である。和菓子屋ではお婆さんが応対して、今日は里江ちゃんは午後からの出勤だよ、と言いながら注文した羊羹を包んでくれた。里江の姿がなく、洋平はちょっとがっかりした。

病室は二階の六人部屋で、四人の患者がベッドに寝ていた。

「やあ、久しぶり。悪いねえ、こんな骨折ぐらいで見舞いだなんて、お恥ずかしい話だよ」

「まあ、いいじゃないですか。暇をもてあましているんじゃないかと思ってね」

と言って、手土産を渡した。泰造は紙袋を覗いて、

「こりゃあ、羊羹らしいな。気を使わすねー」

泰造は少し離れたところにいた洋平を横目で確認した。

「おお、お孫さんも一緒だったのか。こっちに来いや……。いやいや先日はありがとうね。何とも情けない話で、世話になってしまった」

泰造は照れ笑いをして、椅子に座るように言った。

「世話だなんて、当然のことをしたまでです」

「十日もこんなところにいたんじゃたまらねえから、医者に早く出せって言ってるんだ」

泰造は洋三以上に頑固者だが、二人に共通しているのは腹の中はさっぱりしていて、やさしい人だと感じている。

「昨日、鈴木君の個展を見てきたよ。なかなかの意欲作で良かったね」

「何日までだったかな、俺はパスだな。パスと言えば来週の年金組合の集まりも行けそうにないな。涌井さんは行くのかい」

「地元のやつは予定しているけど、東京での中央集会はパスだね。東京まではきついよ」

「それにしても年金生活者にとっちゃあ、じわりと真綿で首を絞められるようなものだ。今の政治は弱いもの虐めもはなはだしい。糞くらえだ」

泰造ははき捨てるように、つい声が大きくなって隣のベッドを気にしながら、洋平に声を落として言った。

「洋平君、退院したらうちに遊びに来ないか。何日までいるんだね」

「はい、あと一週間ぐらいですかね。適当ですけど」

「孫がいる時がいいや。飯でも食べに来るといい。俺は飯の支度なんてからっきしだからな」

「ありがとうございます。考えておきます」

「そうだ。もう少しすると孫娘が来るはずだ。午前中は休みで、着替えを持って来ることになっているんだ」

そんな話をしていると、タイミングよくドアのほうで人の気配がして、里江が入って来た。

「あら、お二人揃って。わざわざすみません。先日は大変お世話になりました」

と、洋平に顔を向けて頭を下げた。

「いあや、当然のことをしたまでですよ。青山さんの話だと、早めに退院できそうでよかったですね」

「お爺ちゃんは強引だから勝手に決めちゃうんですよ。先生もたまったものではないですね」

「余計なお世話だ。ところで、着替え持って来たか」

泰造は相変わらずである。

「口の悪いのはお互い様だけど、世話になっている孫娘なんだから、もうちょっとやさしくしておいたほうがいいんじゃないの。先輩」

洋三は苦笑いを殺して返した。

洋平は思った。この二人の口の悪さは照れ隠しで、悪口の裏には心のやさしさがこもっている。そこが何とも引き付けられるものがあるのだ。里江さんも祖父のそのようなところはわかっているのだろう。

あれこれと雑談をしているうちに、入り口が開いて看護師がワゴンを押しながら入って来た。患者四人分の食事が乗っている。病院の食事時間は早い。もう昼かと洋三が呟いた。

「さて、帰るとするか。時間のたつのは早いものだ」

「すまなかったね。羊羹いただくよ。洋平君、退院したら電話するからよ」

「何のこと、それ?」

「後で話すよ。それより、そこまで見送ってやんな」

「お邪魔しました。どうぞ、お大事に」

洋平は泰造に頭を下げ、先に立って廊下に向かった。洋三も、それじゃ、またと言って後に続いた。廊下に出た洋平は里江に振り向いて言った。

「また会いたいですね。近いうちに」

「そうですね。店が休める日にでも私のほうから連絡します。今日はありがとうございました」

それじゃあ、と軽く会釈をして別れた。院内で正午のチャイムが鳴っている。


洋平は朝食を済ませて部屋にこもっている。春の日差しが部屋いっぱいに広がっていて、窓から心地良い風が時折、頬をなで、まだ、ぎこちない鶯のさえずりが近くに聞こえた。

今日は五日目である。卓上の原稿用紙は『若者の貧困』とテーマが書かれているだけで、あとは白紙である。

――さて、何から書き始めるか。

と、呟いて鉛筆をとったが書く気配はない。

若者が社会と向き合うとか、貧困とかという実感が洋平自身にはないのだ。家族には恵まれているし、経済的にも普通の暮らしができている。高等教育も受けさせてもらっているし、妹もたぶん大学に行くだろう。両親はそれなりに苦労もし、がんばっているのだ。けれど、金に困ったという話は聞いたことがない。家も持ち家だし、住環境も良好な地域である。だから、そういう環境に甘えて生きてきてしまったのだろうか。しかし、それは決して悪いことではなく、普通の生活ができて生きられることは、むしろ当然なのだ。普通に働けば普通に生きられるという、当たり前のことが、なぜ失われてしまったのだろう。

自己責任とよく言われるが、確かに個人の能力や努力が生き方を左右することはあるだろう。

しかし、根本は富の配分の仕組みが間違っているのだろう。そして、その富の格差がますます広がっているということだ。貧困を断ち切るべき教育も満足に受けられず、無知者となり、貧困から脱出できずに連鎖してしまう。特に若者は、そのような環境の中では夢も持てず喪失に陥り、絶望感さえ味わうことになるのだ。

たとえ大学に入れたとしても、学生ローンを組まなければ高い学費は払えず、生活費はアルバイトで稼がなくてはならない。社会に出ても正社員に失敗すれば、ローンの返済がのしかかってくる。いったん非正規や契約社員化すると、正社員の道は遠のき、低所得が続けば結婚もままならないだろう。そう考えているうちに憂鬱になってきた。貧困というテーマは考えるほどに心が重くなってくる。

――このテーマにしたのは失敗したかな。

しかし、社会と向き合うには、このテーマだと初めに決めたはずであった。もっと実態を調べる必要がある。その種の書籍をネットで検索することにし、もっともらしい題名の二冊を注文した。明日中には届くことになった。

窓の外は春の光でいっぱいである。鶯はどこかに去ったらしい。

それにしても、どこで社会と向き合うという意識を強く持つようになったのだろうか。同人誌の仲間だろうか。彼らと話をしているうちに議論となり、政治の話にまで広がった。初めはバイトの話から、奨学金や進路の話に発展した。だんだんと真剣になり、同人誌にたどり着いたのである。同人誌のタイトル『風に向かって』は洋平の提案であった。

――よーし、やるか。

呟いて、ペンを握りなおした。

〈この見えない強風に向かっているのは我われ若者だけではない。子どもであり、女性であり、老人である。要するに社会的・経済的弱者なのである……〉

洋平のペンは一気に走り始めた。

外の木木をわたる春の風が、そのまま窓から滑り込んで来た。遠くでさっきの鶯がぎこちなく鳴いている。


二日後のことである。薄曇りで弱い南風が肌に心地良い。

洋平は窓際に寄りかかって原稿を読み直している。いくつか手直し箇所はあるものの、これでオッケーだろうと納得したようだ。取り寄せた本は数値的なものを参考にしたが、あまり役には立たなかった。後は手直ししながらワープロ入力すれば終わりだ、と呟いて大欠伸をした。

その時、卓上のスマホが鳴った。

――里江さんかな。

直感でそう思った。涌井ですがと言って返事を待った。

「青山です。先日はありがとうございました。祖父の退院は明後日に決まったようなんですが、その日はどうしても仕事が休めないんですよ。祖父が食事に誘ったと聞きました。今日の午後は休みなので、よろしかったら食事いかがでしょう。急な話ですけど」

洋平は一瞬、どきりとした。

「もちろん、オッケーです。ちょうど原稿も書き終わったところなんです。僕も明後日、帰ろうかなって思っていたところなので、タイミングいいですね」

「ありがとうございます。それでは十二時半頃、涌井さんの家に迎えに行きたいと思いますが、いかがでしょうか」

「迎えに来てもらっていいんですか。家を知ってますか?」

「もちろん知ってますよ。祖父から聞いてますし、狭い町ですから」

「それじゃあ、後で……」

洋平は胸が鳴った。

——行ないがいいと、違うね。

声に出して呟き、こぶしを握った。


軽のワゴンは国道を南に走っている。国道といっても狭い道で、里江がハンドルを握っている。

「食事と言いましたが半日もあるし、ついでにドライブしませんか。房総半島を回ったことはありますか」

「僕もそう思っていました。房総のドライブは中学の頃に家族で一周したことはありますけど」

「それじゃあ、決まりだわ。軽自動車じゃ、ドライブも冴えないですね。ちょっと行ったところにおいしいレストランがありますので、ともかく食事しましょう」

「軽だって、ドライブに代わりないですよ」

洋平は車なんかどうでもよかった。彼女が同乗していればそれで良いのだ。過去に恋心を寄せた経験は無論ない訳ではない。しかし、今回は何かが違う。なぜか引き付けられる実感があるのだ。身近な存在として受け入れられる感情がある。自分が少しは大人になったのかもしれないと思った。

——大事にしなければ。

心の奥で呟いた。

国道から少しそれた小高い山の中腹にある、遠くに海が見下ろせるこじんまりしたレストランで昼食を済ませ、館山方面に南下した。薄曇りだった空も晴れ渡り、自ずと気分も爽快である。

「ところで、お母さんの職場は館山でしたよね。長く勤めているんですか」

「前にも話しましたけど、私が中学一年の時に父が病死してから今の会社で働いています。かれこれ七年近くになりますかしら。一年前から正社員になったようです。母はがんばり屋さんだから」

「君を見ていると、何かわかりますよ」

「祖父の年金では家計が厳しいので、母ががんばるしかないんですよ」

「それが認められて正社員になったんだろうな」

「確か、今年五十歳ですから、あと十年くらいは働いてもらわないと。その頃には私も結婚しているでしょうから……。あら、つまらないこと言っちゃったわ」

「かなり現実的ですね」

　里江は顔を赤くして、あら、嫌だ、と言って照れた。

「そんなことないですよ。現実にしっかり向き合っている証拠なんですから。君はしっかり者だ。僕なんか、のほほんと学生やっていて、現実に向き合うことなんかなかったから。つい最近ですよ。自分の進路とか、社会とどう向き合っていくべきかなんて考えるようになったのは。情けない話ですね」

「人それぞれですよ。私だって父が生きていたり、もう少し家計にゆとりがあれば高校からバイトなんかすることもないし、やりたいことも遊びもしたかったですからね」

「僕もバイトしているけど、自分のためだからなあ」

　洋平は自分を振り返った。学生生活の中で家族や学業、友人など身の回りの狭い世界の中にいたし、それが当たり前であり、それで良しと思っていた。それは悪いことではないが、もっと広い世界を見なければとつくづく思っている。

　洋平も家族の話をした。

　車は館山を抜け、洲崎を回って平砂浦から野島崎に着き一休みした。海岸の岩場に、その向こうから寄せる波の匂いが全身にしみてくる。二人は灯台の前に立ち、海に向かって大きく息をした。

　そこからは洋平がハンドルを握り、白浜から千倉の花農園を左右に見ながら鴨川へ走った。途中、道の駅のカフェで一休みした。

長狭街道を走り鋸南町に戻った頃には日が落ちて、山間の道は青い空気が漂っていた。街中に入った時には西の空が赤黒く染まり沈んでいた。洋平は祖父母の家の少し手前で車を止めた。

「今日は楽しかった。ありがとう」

「いろいろ話もできて、私も楽しかったです」

「こっちにいるうちに、また会えませんか」

「はい。バイト休めるかどうか……。時間を作るようにします」

洋平はそれじゃあ、と言って運転席から降りた。

里江も助手席を降りて回って来た。洋平は手を差し伸べて握手を求めた。里江の握った手を引き寄せて、やさしく頬に唇を触れた。

洋平の胸の鼓動は意外と抑制され静かである。里江の握られた手に力が入り、少し震えたように感じられたのは気のせいであろうか。


洋平は原稿をパソコンに起こしている時、卓上のスマホが鳴った。見ると東京の我家からである。発信は妹からで、何ごとかなと耳に当てた。

「お兄ちゃん、そっちはどう？　のんびりやっているの」

「まあね。ところで何の用事だい。何かあったのかい」

「お父さんが交通事故に巻き込まれて、病院に担ぎ込まれたのよ。見舞いに行ったけど、怪我は大したことないと言ってたわ。でも一応、知らせておこうかと思って」

「そりゃ、まずいな。帰らない訳にはいかないんじゃないの。明後日あたりには帰ろうかと思っていたから、一日早まるだけだ。それとも今日中に帰ることにするか」

「好きなようにしなさいよ。それじゃあね」

と言って話を切った。

――さて、どうしようかな。

洋平は呟きながらパソコンに向かった。昼までには終わるだろうから、昼食を済ませたら帰るとするか。気になるのは里江のことだ。帰る前にもう一度会いたかった。

少し迷ったが今日帰ることに決め、メールすることにした。

〈急用ができ、東京に戻ることになりました。午後には帰ります〉と入れた。ほどなく返信があり今日は仕事です、店に寄ってください、とある。

パソコンに集中した。昼までには終わるだろう。

昼食時、房枝に父親の交通事故の話をして、急きょ帰ることを告げた。洋三は出かけていて、まだ戻っていなかった。

「あの人は出かければ鉄砲玉だから」

「会えなかったら、電話か手紙を書きますから」

「いずれにしても電話してね。大した怪我ではないといっても心配だからね」

「大怪我でしたら、母から直接電話があるでしょうから大丈夫なんでしょう」

「それならいいけど。後遺症がなければいいわね」

「ともかく、電話しますから」

「それにしても、昼過ぎには帰るなんてせわしないことね。お父さんが戻るまで待ったら」

「そうですねえ。帰り支度だけはしておきます」

食事を済ませて荷物をまとめた。

洋平は滞在中、世話になったことを改めて礼を言った。祖父はまだ帰りそうもないので、諦めて玄関に立った。午後一時半である。今日も薄曇りで温かい風が身体にまとわりついて去って行った。

「お世話になりました。いろいろあっておもしろかったです。爺ちゃんによろしく」

「気をつけてね。電話くださいよ。皆によろしくね」

それじゃあ、と言ってきびすを返した。

洋平はつくづく来て良かったと思った。何といっても青山里江という女性を知ったし、泰造さんや同級生の佐藤との再会、祖父母との多くの話ができ、その中で同人誌の原稿が思いのほか核心に迫ることができたことなど収穫の多い滞在であった。

大学は教育学部であり、漠然と教員の道を目指していたのだが、同人誌との関わりの中で仲間と議論してきたり、今回の滞在中の体験が進路も含めて、生き方や社会とどう向き合っていくのかなどの考察に少しは糸口が見えてきたような気がした。胸の中にある支えが取れ、気持ちが晴れるのを感じながら安房勝山駅に向かっている。

里江は店にいた。小さく手を振りながら微笑んでいる。

「昨日はどうもありがとう。急に帰ることになってしまったもので」

　里江は少し頬を赤くしていた。

「いいえ……。急にどうしたんですか」

　父親が交通事故に巻き込まれて入院していると、連絡が妹からあったことなどをかいつまんで伝えた。

「それは大変でしたね。心配でしょう」

「大した怪我ではないと言ってましたが、知らん振りもできないですから」

「それは当然ですよ」

「君ともう一度ゆっくり会いたかったが仕方ないです。もっと近ければいいんだが、帰ったら電話か手紙を書きます」

「ええ。待っています」

「ああ、そうだ。お爺さんによろしく。食事に誘われていたのに」

「気にしないでいいですよ、仕方ありませんから。だいたい食事と言たって私が作るんですから」

「えーと、びわ大福くれませんか。この前のより小さ目の。親父の見舞いなんだけど、おかしいかな」

　洋平は品物を受け取り、ショウケース越しに手を伸ばして握手を求めた。里江の細く柔らかい手がそっと握り返して目を落とした。

　それじゃあ、元気で。店を出て駅に歩いた。里江は店先に出て手を振っている。洋平の手には里江の温もりがいつまでも残っていた。

それから三日ほど過ぎ、洋三夫婦の元にレターパックが届いた。例の原稿と手紙が同封されていた。洋三は夕食前の晩酌を相変わらず湯飲み茶碗でやりながら手紙を読んでいる。

前略、過日は大変お世話になり感謝しております。父は昨日退院し、今日は出社しました。心配をかけました。

そちらでの滞在中にはいろいろなことがあり、良い体験と勉強をさせていただきました。青山里江さんとの出会いはこれからの私の宝物になるでしょう。鋸山で再会した同級生の佐藤君とは昨日会って、琴美さんという彼女も一緒で話が尽きませんでした。本人同士は約束していて、二人で将来を見据えてがんばっている姿は尊敬できます。そして、爺ちゃんと初めて政治、社会や戦争と平和、生きることの本質などの問題を聞き、話し合ったことは、私の未熟さや今までの学生生活の反省となり、社会と向き合う糸口が見えてきたかもしれません。

教員を目指しますが、ただの教師にはならないぞ、と心に誓いました。同人誌の原稿を同封しましたので、読んでください。

またお邪魔しますのでよろしくお願い致します。

洋平

孫からの初めての手紙である。

洋三は苦笑いをしながら湯飲みをすすった。手紙をテーブルに置き、続いて原稿に目を通し始めた。表題は『若き反逆者』とある。真剣な眼差しで文字を追っている。

読み終わると、ふーん、と言って湯飲みの残りをぐいっと喉に流し込んだ。

——まあ。こんなものか。しかし、まだ甘いな。

と、呟いて一升瓶を湯飲みに傾けてなみなみと注いだ。

房枝は夕食の支度が終わり、テーブルに器を並べてから椅子にかけてお茶をすすっている。洋三は手紙だけ差し出し、読んでみな、と言って渡した。

「孫から手紙をもらうなんて初めてですね。あの子は何か私たちと気が合うのかしら」

「年寄りと気が合ってるようじゃ、しようがないけど、我われの気が若いってことかな」

「自分で言ってれば世話がありませんね。でも、孫と付き合えるなんていいことですよ」

「やつは成長したかもな。いい大人になるよ。それにはもっと苦労をしなけりゃだめだ」

「お嫁さんを見たいものですね」

「嫁さんとなれば、ひ孫の顔も見られるというもんだな」

「それまでは生きられそうね。楽しみだわ」

洋三はもう一杯いくかなと言って残っている酒を口に含んだ。外はすっかり暗くなっていた。

里江は台所で夕食の支度をしている。泰造はソファーに深ぶかと座って本を読んでいる。昨日、退院して家に閉じこもって、持て余していた。

玄関から、ただいまあ、と母親の花江の声が響いた。居間に入るなり、

「里江。涌井洋平という人から手紙よ。涌井洋三さんの関係かしら」

「お母さんには詳しく話してなかったけど、涌井さんのお孫さんで、お爺ちゃんが世話になった人なの。いい人よ」

「ああ、自転車事故の。お孫さんだったの。それにしても今どき若い人が手紙だなんて、あんたに気があるのかな」

「そうかもね」

里江はあっけらかんと言った。

「くそ真面目で、今どきにない、いい青年だな」

泰造が口を挿んだ。

「お母さん、並べるの手伝って。今日、お客さんの漁師の方からいただいたカレイよ。から揚げにしたの」

「いつも悪いわわね。でも、料理好きのいい奥さんになるわよ」

「乗せるの上手いわね……。さあ、頂きましょうか」

里江は受け取った手紙を前かけのポケットに押し込んで、味噌汁をすすっている。

夕食を済ませ、自分の部屋に戻った里江はさっそく手紙を開いた。手紙は意外と短文であった。

短い滞在の中で、いろいろ体験ができて貴重な時間を過ごせたこと、おかげで同人誌の原稿が

思いのほか良いものになったこと、何といっても里江さんと巡り会え、私のこれからの支えになるだろうことなどが綴られ、また会いたい、連絡します、と結ばれていた。追伸で父が退院して出社したことも添えてあった。

里江は過日のドライブの別れ際に洋平と交わした唇のほのかな温みを思い出した。

その後、二人はメールのやり取りがあって、短い春が終わった。

二章

愛と苦悩

（一）

初秋の風はまだ熱を含んでいて、窓から差し込む陽射しはじっとりと汗ばむほどである。この家にクーラーはない。嫌いなのである。自然のままが良い、とは洋三の口癖である。

洋三はキャンバスに向かっていた。来月の千葉美術展に出品予定の五十号の作品である。今まででは、どちらかといえば穏やかな風景や人物画であったが、東日本大震災と福島原発事故以来、画風が一変してしまった。メッセージ性の強い抽象的心象画になっていた。今、描いている作品のテーマも「生きる」であり、怒りと祈りを母子像に投影させた画面である。

大震災と原発事故は、洋三の頭の中に今も生なましくこびりついている。自然の脅威におののき、祈った。そして怒りとなっている。人間の欲望と科学のおごりが歴史の結末のように思えてならない、悲しみと怒りが湧いてくる。絵筆を持ちながら壁の一点を見つめている。

その時である。居間のほうから物が落ちる大きな音とともに、ドスンという音が耳を突いた。洋三は我にかえって、とっさに筆を放り出し部屋を飛び出していた。

房枝が台所の床に仰向けに倒れていた。蒼白の顔は目を剥いて、開いた口が少し震えている。近くに鍋が転がっていた。棚の上から取ろうとして転倒したのだろうか。

「どうした！」

と、怒鳴りながら房枝を抱きかかえた。

「大丈夫。立ち眩みかしら」

房枝の声は弱よわしく、わずかにろれつがまわらないように聞き取れた。

「手足のしびれはあるか！」

房枝は声にならず、うなずきながら右手を上げた。

「これは立ち眩みじゃない。やばいぞ」

日頃から血圧が高い房枝である。顔が蒼白でろれつがまわらない、手がしびれるのは脳梗塞の症状であると洋三は直感した。

——時間との勝負だ。

洋三は声に出して呟き、房枝を床に下ろしてテーブルの上にあった菓子箱を枕代わりにしてから電話の子機を持って来て、また抱きかかえながら一一九番通報した。時間は午前十時三十五分である。

「竜島の涌井洋三という者だが、今、妻が自宅で倒れた。脳梗塞だと思う。時間との勝負だ、急いでくれ、頼むぞ！」

症状と住所を伝えて電話を切った。早ければ消防署からは五分もすれば来れるはずだ。

「房枝！　しっかりしろ。今、救急車が来るからな」

房枝は何か話そうとするが声にはならないで、洋三にしがみついている。その顔が哀れでならなかった。

——大丈夫だ。俺がついているからな。

洋三は心の奥で叫んだ。房枝の胸元のボタンを外しながら、時間の長さに焦った。地元の救急病院は対応ができるか、ＣＴは設備されているか、呟きながら長い時間を待った。

サイレンが近づいて、間もなく玄関が開けられた。

「涌井さんのお宅ですか、救急隊です。失礼します」

と言って、居間に飛び込んで来た。もう一人が担架を抱えている。

「こっちだ。俺の見たところじゃ脳梗塞の症状なんだが。見てくれ」

「口がもつれるんですね。それと手のしびれが、どっちの手ですか、足はどうですか」

「右手だ。足はないらしい」

話をしている間にも隊員たちは手際よく担架に乗せ、運び出している。

「言われるとおり脳梗塞の症状ですね。一緒に来られますか」

「無論だ。地元の病院かね。対応は大丈夫だろうね」

「循環器の先生が在勤しているかどうか、いずれにしても初期対応は大丈夫ですよ。今、確認しますから」

房枝の担架が車に運び込まれ、洋三も同乗した。隣の奥さんが心配そうな顔をして見ている。

洋三と話をしていた隊員が病院に救急の受け入れと、循環器の医師の在勤を確認している。もう一人の隊員が血圧や心拍数などの計測を手際良く進めている。

房枝は蒼白の顔だが、少し落ち着いているようだ。房枝は血圧が高いほうだが、薬の厄介にはなっていないし、食生活や運動など生活習慣には気を使っている。

「病院と確認が取れました。循環器の医師もおります。安心してください」

「検査機器はあるのかね、ＣＴとか」

「ありますよ」

洋三はほっとした。移住してこの方、病院に厄介になったのはだいぶ前に風邪をこじらせて通院したくらいで、病院のことはよく知らないのだ。

ほどなく病院に着いた。救急搬入口にはすでに医師や看護師が待機していた。手際良く院内に搬送され、隊員の一人が医師に患者の計測データと病状を伝達した後、洋三から簡単な事情聴取をした。

洋三は救急隊員に礼を告げて、救急処置室に急ぎ廊下の長椅子に腰をおろした。

診断結果はどうなるだろうか。脳出血か脳梗塞なのか。たぶん脳梗塞だと思うが、どちらかで処置が違ってくるからだ。脳出血であれば止血剤と凝固剤を打つし、脳梗塞の場合は血管拡張剤や抗凝固剤と真逆の処置となる。当然、血圧が高いから降圧剤を使うことになるだろう。

洋三は多少、医療知識を持っているつもりでいる。テレビの健康や医療番組は必ずといっていいほど見るし、医学書も時折、読むことにしている。特に房枝が高血圧なので循環器関係には気をつけているのだ。七十歳を過ぎてから夫婦ともに健康志向でやってきたのに、病気というやつは気をつけていても、いつどのように起こるかわらないものだと思い知らされた。

――軽く済んでくれればいいが。

洋三は心の奥で祈った。
四、五十分は過ぎたであろうか、看護師が処置室のドアから顔を突き出して、涌井さん入って

ください と告げた。中に入ると担当医がパソコンの画面を見ながら、どうぞ座ってと、こちちを見もしないで言った。四十前後の医師である。洋三はカチッときたが、今はそれどころではないと椅子に腰をおろした。

「検査結果はどうですか。今、見ているのはＣＴの画像かね」

「まあ、せかさないで。今、説明しますから。ところで、救急隊員に症状を正確に判断して脳梗塞だろうと伝えたそうですね。その通りですよ」

パソコン画面を指差した。

「この左側頭葉のところが、わずかに血管の先が細くぼやけているのが確認できます。たぶん、ここの詰まりでしょう」

「脳出血でないと言い切れるかね」

「信用しないんですか。出血であれば周りが白濁して映るし、症状も少し違ってくるんですよ」

「念のために聞いたまでで、気を悪くしないで。ところで処置はどのように」

「説明をする前に突っ込んできますね」

「ここが大事なところですからね。私にとっちゃ大事な妻だ」

ちょっと気色ばってしまったと洋三は反省した。

「そりゃあ、そうだ。大丈夫ですよ。血管拡張剤と抗凝固剤、それと降圧剤を投与しておきましたから。それから、今日も含めて三日間は経過観察しますから、入院の手続きをしてください。あっ、そうだ。今回が初めてですか」

「初めてだね。血圧は高めだが食事や運動など気を使っていたし、わからんもんだね」

「奥さんの脳梗塞の原因がどこからきているのか、ちょっと詳しく調べてみましょう」

房枝の今までの病歴や体調などの質問を受けた後に、看護師が入院の手続きのために事務室を案内しようとしたが、洋三はちょっと待ってくれと言って房枝の顔を覗いた。

緊張気味だが血の気が戻っている寝顔を見て安心した。どうもありがとうね。医師に声をかけて、看護師と共に緊急処置室を出て事務室に向かった。

洋三は自分も横柄なほうだが、あの若い医者もかなりな者だ、と呟きながら廊下を歩いた。しかし、多少は横柄なくらいが自信があるという証拠かもしれないと思っている。

翌日の午前中に房枝の下着やパジャマなどの衣類や洗面具、スリッパなどと財布を大きめの手提げ袋に詰め込んで病院に向かった。

今日は曇りがちだが、町を抜ける風は相変わらず熱を帯びていてじっとりとしていた。

病院の自動ドアを入るとほっとした。自然のままがいいとは言っても、やはり涼しければ気持ちが良いに決まっている。房枝は二階の四人部屋の窓際にあるベッドに座っていた。

「具合はどうだ」

手提げ袋をベッドの脇に置いて椅子に腰をおろした。

「今は体調いいみたい。昨日は本当に迷惑かけました。でも、よく覚えていないのよ」

「横になっていないでいいのか。トイレは歩いて行けるのか。何かほしいものがあったら言ってくれ」

言いながら袋の中身の説明をして、足りないものはないかと念を押した。

「そうねえ。ティッシュペーパーが欲しいけど。それと、できたら本があるといいわね。時間もてあましているのよ」

「ぼけっと横になっていたほうがいいんじゃないか。頭使うと血が上るぞ。明後日には退院の予定だから、あっという間だよ。……まあいいか。昼過ぎにまた来るよ」

「すみませんね、わがままで」

「ところで、その後、診察は受けたか」

「昨日、先生が帰り際に様子を見に来て、看護師さんに何か指示していたみたい。今日の診察は午後からよ。入院患者の診察は午後と決まっているみたい。ああ、そうだ。庭の花鉢に水やりお願いします。すみませんね。食事のほうは大丈夫ですか」

「何とかするさ。余計な心配するな」

洋三はとりあえず房枝の落ち着きに安心した。今まで妻には横柄であったし、気を使ったことなどなかったが、これからは少し心を改めて接してあげよう。家事も手伝ってやるか。病院の廊下を歩きながら思いを巡らせた。待合所の時計が十一時半を指している。

——さて、昼飯をどうするか。

今まで、食事の心配などしたことのない洋三である。外に出ると雲が厚くなっていて、今にも降り出しそうな気配である。

雨は朝方まで降っていたらしい。洋三は朝が苦手である。普段から房枝に起こされる癖がついていて寝坊をしてしまった。寝坊といってもまったく差支えがある訳でもないのだが。夏掛けの布団を蹴飛ばして、天井を見つめている。

——さて、今日は午後から病院に行って診察に立ちあおう。担当医は常勤医だというから在勤しているはずだ。

呟きながら布団をかたづけ、洗面所で顔を洗ってから居間に入った。冷蔵庫から牛乳パックを出してコップに注ぎ一気に飲んだ。朝は牛乳しか飲まない習慣である。テーブルの上に昨日、持ち帰った房枝の衣類が袋に入っている。

——そうか、洗濯もしなくちゃならんのか。花の水やりはやらんでもいいな。

ぶつぶつと言いながら時計を見た。八時半を過ぎている。ポストに新聞を取りに行く。新聞を時間かけて読むのが朝の日課である。しかし、憤慨するような記事ばかりでストレスがたまるのも確かだった。

ちょうど玄関から外に出た時に、真向かいの奥さんと目があってしまい、挨拶された。

「おはようございます。大変でしたね。具合はどうですか」

「心配かけて申し訳ありません。脳梗塞のようですが、大したことはないですから。大事をとって三日ばかり入院しますけど」

「それならいいですけど、皆さん心配していましたよ。あんなに元気だったのにね。……お大事にしてくださいね」

「ありがとうございます。女房に伝えておきます」

――近所に声をかけておかないとまずいかな。

洋三は頭を下げて、新聞を片手に呟きながら玄関をまたいだ。房枝のいない居間と台所は何か間の抜けた空気が漂っていて静かである。

新聞を読み終え、昼までキャンバスに向かうことにした。悪い癖で、房枝がいないのをいいことに、ちびりと酒をやりながら絵筆を持っている。

――まあ、いいだろう。

午後一時過ぎ頃、病院に向かった。その頃には陽が差し始めたが、空気は涼しげである。ちびりとやった酒は少量で早めに切り上げたし、昼飯も食べてきたから酒気はないはずだ、と勝手な判断である。しかし、さすがに車には乗らず、ぶらりと歩いて来た。

二階の病室に入ると、房枝のベッドの窓際になぜか青山里江が座っていた。

「お邪魔しています。大変でしたね」

「いやー、どうってことはないが。しかし、どうして君がここに？　誰にも言ってないが」

「涌井さんの近くの人が店に来た時に話してくれたんです。ちょっと時間が取れたので、寄らせてもらいました」

「そりゃあ、わざわざありがとうね」

「でも、大したことなさそうで安心しました」

「年をとると、普段気をつけていてもいつガタがくるかわからんもんだな」

「あなたも気をつけてくださいね」

房枝が話を挟んだ。顔色も良くなり元気を取り戻していた。ただ、房枝の話す口元に違和感があるのを誰も気づくことはなかった。

ほどなくして、看護師が入口のドアから顔だけ突き出して、涌井房枝さん、診察しますので第二診察室に来てくださいと告げた。

「看護師さん、診察の時に私も同席していいかね」

「大丈夫だと思いますけど、ともかく診察室に来てください」

看護師が出て行って、里江はそれではと挨拶してから、

「あのう、東京のご家族には知らせていないんですか」

里江はふと気がかりで聞いてみた。

「ご覧のとおり大したこともなさそうだし、心配かけても何だから連絡はしてないよ」

「はい、わかりました。お大事にしてください」

深ぶかと頭を下げてから病室を去った。里江は洋平に連絡していいものか迷っていた。洋三夫婦は自分たちが遠距離交際をしていることは知らないから、余計な連絡はしないほうがいいかなとも思っている。

——でも、電話しちゃおうかしら。

呟きながら里江は病院を出て、店に戻るために車に乗った。空は晴れ渡ってきたが、風は爽やかであり、少し秋の気配がしてきたようだ。

里江は看護学校に通い始めて半年になるが、授業のローテーションを立てて、できるだけアルバイトに出るようにしている。家計の助けにということもあるが、和菓子屋の老夫婦から辞めないでくれと頼まれているからだ。もっと割りの良いアルバイトはあるのだが、断るのは忍びないと里江は思っている。

「経過はいいみたいだね」

四十がらみの担当医は、相変わらずパソコンの画面を眺めながら言った。

「はい。いいようです。おかげさまで」

房枝は普段の明るい顔で答えた。

「もう一晩泊まってもらって、明日の午後にでも退院というところかな。数値も落ち着いているし、降圧剤だけは一週間ぐらい続けてもらうけど」

「ところで先生。この間、言っていた脳梗塞の原因となったものとは何かね」

洋三は房枝の後ろから口を挿んだ。

「そうだなあ。血圧が高いことは確かだが、心臓には問題ないし動脈硬化も見られない。強いて言えば、血小板の数値が高いが問題になるほどでもない。ＣＴ画像では病理箇所が小さくて、そこから原因を見るのは無理がある。要するに、断定できる原因はつかめないということです。脳の血流が良くないのと高血圧だということは言えるかな」

「まあー、そういうことだろうね。しばらくはその薬を続けるということだね」

「そういうことです、一週間ぐらいは。その後にまた来てください。心配ないと思うが」

「これでひと安心だ。先生ありがとうね。そういうことなら今日中にも退院ということもあり得るということかな」

房枝は呆れ顔で洋三を振り返り、医師にすみませんと謝った。

「ご主人、そう焦りなさんな。さっきも言った通り、明日の午後一番に診察してから退院ということです。その時間に迎えに来てください」

「冗談ですよ。明日の午後ね」

洋三はよろしくね、と言って、房枝を残して診察室を出て行った。房枝は横柄な人で申し訳ありませんと医師に頭を下げている。

「結構、頑固だね。私も同じようなものだけど」

その後、いくつかの問診を受け診察は終わった。


房枝は退院して一週間後、診察を受けて薬の処方もやめ、経過観察することになった。そして、半月もたった頃、その心配はやってきた。

十月中旬のある晴れた日の午後、房枝は庭の菜園で雑草をむしっていた時である。急に頭痛と目まいがして、立ち上がろうとしたが崩れ落ちて倒れてしまった。あいにく洋三は昼食の後、青山宅に行くと言って出かけていた。

房枝はこのまま逝ってしまうのではないかと頭が真っ白になったが、必死に這いつくばって、助けを求めようとしたが声にならない。

少しばかり落ち着いてから、這うようにして何とか家の中に上がり、水をコップに一杯飲んでともかく横になった。熱中症でもあるまいに、と思いながら天井を見つめた。天井がゆがんで回っていた。頭が痛い。

青山宅に電話をしようかと思ったが、頭も身体も動く力がなかったし、騒ぎになると思い、様子を観ることにして目を閉じた。

どれほど時間がたったであろうか、玄関の引き戸が開き、洋三の声がした。房枝はその声を頭の奥で聞いて、心の中でほっとしている。

「どうしたんだ、具合が悪いのか」

床の上に横になっている房枝を見て、一か月前の出来事が頭をよぎった。房枝の手足には土汚れがついたままである。

「庭で何があったんだ。また倒れたのか」

「ええ。頭痛と目まいがして。やっとここまで上がって来たのよ。今は少し落ち着いたけど」

顔が少し蒼白だが、言葉は普通である。

「手足の痺れはないか。寒気がするんじゃないのか」

「痺れはないけど、少し寒気がするわね」

「わかった。ちょっと待ってろ」

と言って、隣の部屋に布団を敷き、台所からタオルを濡らしてきて、手足を拭いてやった。ともかく抱きかかえて布団で休ませた。

——さて、どうするか。このままにして明日まで待つ訳にはいかないぞ。

時間は午後四時半を回っていた。これから病院に連れて行くには、今の房枝の状態では無理がある。ともかく病院に電話することに決めた。常備してある血圧計で測ると、上が一五八で少し高い。

病院では診察がすべて終わっていたが、房枝の病状を話し、担当医が在勤していれば電話を回してくれと頼み込んだ。少したって担当医が出た。病状と血圧の数値を告げ、病院に連れて行ける状態ではないことを訴え、薬を処方してくれるよう頼んだ。医師は少し間を置いて、本来はまずいことだが状況判断した上で、処方しましょうと言ってくれた。

「すまんね。無理を言って」

「あなたの強引さには負けるね。でも、今の患者の状態だと確かに来院させるには無理なようだし、かといって明日まで放って置くわけにはいかないだろうから、あなたの判断は良かったかもしれないね」

「こっちも必死だから。前にも言ったけど大事な女房だからね」

洋三はすぐさま病院に車で向かった。診察室で用意してあった薬の処方箋を受け取り、礼を言って帰ろうとした。

「明日は必ず来院してください。午後二時に予約しておきますから。別の箇所でも発生していたら、ちょっと厄介なことになるかもしれないな。小さな詰まりでも繰り返すと脳血管障害を起こし、脳の神経細胞がダメージを受けてパーキンソンとか認知症に発展しやすくなるんですよ。断定はできませんがね」

「脅かさないでくれよ」

「まあ、先のことを心配してもしようがないでしょう。明日待ってます」

「すまない。ありがとうね」

洋三は院外にある薬局に寄り、薬を受け取った。薬局の時計の針は五時を回っていた。晴れた空の陽は西に傾いていたが、まだ熱を帯びて輝きを失っていなかった。

洋三は房枝の枕元で胡坐をかいでいる。房枝はよく眠っていた。頭痛も去ったのであろう。洋三は房枝の顔を見つめながら、ふと遠い昔を思い出していた。


房枝とは安保闘争の集会やデモの時に知り合い、二年ほど交際しただろうか。彼女が大学三年の時であった。洋三が二十七歳の時に所帯を持った。彼女は二つ年下であったから、大学を出て二年目だったので仕事は続けたいと、共稼ぎがしばらく続いた。

洋三は高卒で技術屋であり、組合の執行部をやっていた。二人を結びつけたのは平和運動の仲間ということもあったが、共通の趣味があったからだ。洋三は油絵を趣味としていたし、房枝は水彩で本格的であった。絵本作家になりたいと付き合った頃から言っていた。

息子を出産して勤めを辞めてから本格的に勉強を始め、十年も過ぎた頃には絵本の世界では少しは名前が通るようになった。絵本だけでなく、画集やエッセイ集も何冊か出版している。しかし、房総に移住を決めた時にスパッと辞めてしまった。周囲からは惜しむ声もあったのだが、精神的な疲れもあったのだろう。そのようなところが房枝にはあった。気丈夫でプライドも高いが、洋三に対しては信頼しきっている。

——ずいぶんと苦労をかけたからな。

洋三は呟き、ふーっとため息をついて房枝の顔を眺めている。こんな気持ちになる時間と空間が今までにあっただろうか。穏やかな時間が部屋の中に流れていた。

西の空が茜色に染まっているのが部屋の中からでもわかる。洋三はその黄昏時が好きである。もの悲しくも暖かい温もりがあるからで、それは人生の終焉の輝きにも似ているように思えるからだ。

——さて、飯の支度でもするか。

二人は翌日の午後、予約時間に診察室前の長椅子に座っていた。

診察室は三室あり、待合所には四、五人の外来患者がいる。老人ばかりである。この町の高齢者比率は県内でも高く、農漁業が衰退し、若者は都会に職を求めて転出した。地域の経済的循環が壊れてしまい、基幹産業である農漁業では食べていけないのだ。将来はどうなるのだろうと洋三は思いを巡らしていた。

その時、涌井さんいらっしゃいますか、と、第三診察室のドアが開いて看護師が呼んだ。洋三は房枝の手を取って中に入った。相変わらずのパソコン医師は、今日はなぜかこちらに身体を向けて座っている。

「あれから経過のほうはどうでしたか」

医師は房枝に向かって問いかけたが、考え込むような房枝に代わって洋三が後ろから答えた。

「症状は落ち着いているが、気持ちが滅入っているみたいだね」

「奥さん自身はどうですか」

「主人が言った通りです。頭が少し重くて気分が晴れません」

房枝は弱よわしく答え、うつむいている。

「血圧はどうですか。今朝は測りましたか」

「朝方に測り、やはり高目でした」

「わかりました。この後、採血とＣＴを撮りますから看護師の指示に従ってください」

看護師にあれこれと指示をして、またパソコンに向かっている。洋三は房枝の手を取って看護師の後に続いて処置室に向かった。

病院を出たのは四時を過ぎた頃で、空はどんよりと垂れ下がり風もなく、夜にはひと雨ありそうな雲行きである。

洋三は昨日の医者の話を思い出していた。小さな脳梗塞でも繰り返し発生するようなことになれば脳血管障害を起こし、神経細胞がダメージを受けて脳血管性認知症になる可能性があるということである。血圧は高めで血流を妨げる血小板の数値も高めである。しかし、それらが脳梗塞を起こす決定打ではないはずだ。あと、考えられることは何だろうか。書物から得た知識ではわからない。今日のＣＴと血液検査の結果を待つしかないだろう。日頃から生活習慣や特に食生活には気を使っていた房枝だったのに、わからないものだと洋三は思案を巡らせた。

二日後の午前中に外来受診し、検査結果を告げられた。ＣＴ画像の所見では、やはり他の箇所にわずかに白濁が見られた。そして、前回の箇所では白濁が少し広がっているのがわかる。神経細胞がダメージを受けているのだろうと担当医が説明した。

血液検査の結果は抗血小板薬を服用しているにもかかわらず、数値はわずかしか下がっていないし、血管拡張剤も服用しているのに、なぜ二度目の発作が起きてしまったのか、医師も原因がつかめないと言っている。心臓に不整脈である心房細動が起こると、心臓でできた血栓が脳に流れて脳梗塞が発生する可能性は否定できないが、担当医は経過観察という判断をした。

帰宅し、昼食を軽く済ませ、洋三はお茶を入れながら房枝の顔を覗き込むようにして言った。

「顔色も良さそうだし、お前さえよければ散歩でもするか。このところウォーキングもしていないからな。少し身体を動かせば気分転換にもなるだろう」

「そうですね。気分も落ち着いているし、散歩ぐらいならいいかもね」

「天気もいいしな。一服したら海岸のほうでも行ってみるか」

まさしく秋晴れである。海辺に出ると潮騒が耳に心地良く入ってきた。陽は高く、凪の海は輝き、その向こうに三浦半島や伊豆半島が薄墨の線を引き、そして、大島が薄く霞んでいた。富士山は霞んで見えない。頭上にはトンビが二羽ばかり鳴きながら円を描いていて、穏やかな空気が二人を包み込んでいた。

「二人揃って散歩するなんて何年ぶりかな。何か照れるけど。まあ、いいか」

「照れるなんて、自分で勝手に思っているだけですよ」

「このまま大したことなく済んでくれればいいがなあ。普段から生活習慣には気を使っているのにな。気を使っていないのは俺の酒ぐらいだ」

「すみませんね、心配かけて。必ず良くなりますよ」

「普段、家事は何もやらないからな。いざとなればやれるところを見せなきゃな」

「頼りにしてますよ。でも、ほどほどでいいですから」

二人は何気ない会話をしながら、のんびりと爽やかな潮風を身体一杯に受けて、海辺の道を歩いた。

（二）

季節は初冬を迎えていた。長期予報で、この冬は暖冬になるとのことだが、そもそも南房総の冬は遅い。数少ない落葉樹の紅葉も今からで、冬を肌で感じるのは年が明けてからである。

洋三はいつものようにウォーキングに出たが、今日はコースを少し変え、帰りを駅前に回るようにした。和菓子屋に寄るためである。

今日は房枝の誕生日で、普段は女房の誕生日など気にもかけない洋三だったが、今は違っていた。房枝の家事の負担をできるだけ減らそうと悪戦苦闘している。炊事、洗濯、掃除、風呂洗い、買い物など主婦の仕事の多さを実感している。もっとも苦手としている分野である。日頃、何気なくこなしている妻に頭が下がる思いになったのだ。それが和菓子になった。

　店には里江がいた。相変わらず笑顔がいい。

「いらっしゃい。お久しぶりです。お元気ですか」

「よおー、久しぶりだな。俺は元気だが、女房はいまいちだな」

「奥様の具合はどうなんですか。その後、顔も出さずに失礼していますけど」

「その節はありがとう。あの後にもう一度、倒れてね。今は落ち着いているけど、体調は良くないな」

「ところで、今日は何か御用でも」

「そうだ、忘れてた。菓子を買おうと思って、ウォーキングの途中なんだ」

「お使い物ですか」

「いや、そうじゃないんだ。ちょっと照れるが女房の誕生日でな」

　洋三は最近の家事仕事の奮闘ぶりを話して聞かせた。

「それは大変ですね。でも、涌井のおじさんからは想像がつきませんね」

　里江はくすっと笑いをこらえて付け加えて言った。

「ごめんなさい、笑ったりして。うちの爺ちゃんに聞かせてあげたいです。家の中では何もしない人ですから」

「言われたなあ。青山さんも俺と似たところがあるからな。言われて当然かもな」

「話、変わりますけど。近いうちに洋平さんがこっちに来る予定です。実はおばさんの様子を伝えてしまったんです。余計なことかもしれませんが、黙っていられなかったんです」

里江は春以来この方、洋平とのメールや手紙のやり取りが続いていて、二度ほど東京と千葉で会っていたことなどを告げ、黙っていてすみませんと言った。

「謝ることなどないさ。結構なことじゃないか。若いってことはいいもんだな」

「そう言ってくださるとうれしいです。彼が来たらお伺いします」

「おお、そうしたまえ。楽しみにしているよ」

洋三は、なぜか自分のことのようにうれしくなった。

和菓子を適当に包んでもらい、青山さんによろしくな、と言って店を出た。

まだ暖かい初冬だが、日の落ちるのは早く、西の空は雲が低くたなびいて真っ赤に染まっていた。

——若いってことはいいもんだ。

呟いて大きくため息をついた。

家に戻り、居間のテーブルにボーッと座っている房枝に、帰ったよ、と声をかけながら菓子袋を渡した。

「あら、和菓子ね。洋平が来たの？　久しぶりね」

「何言ってるんだ。洋平なんか来てやしないよ。これはな、お前の誕生日にと思い、駅前で買って来たんだ。今、お茶を入れるから食べようや」

「私の誕生日？　今日じゃないでしょう。今日は何日かしら」

洋三はお茶の支度をしながら、いやな予感を胸の奥で感じた。しかし、それを口にはしなかった。

「自分の誕生日も忘れたのか。いよいよお前さんもボケが始まったか」

「おかしいわね。十一月じゃなかったかしら」

「今日、十二月八日だよ。お前の誕生日は絶対忘れない日だ。日本軍の真珠湾攻撃の日だからな。まあいいや。饅頭食べよう。うまそうだよ」

房枝は怪訝な顔をしながら、お茶をすすり饅頭を頬張っている。

「おいしいわね。……洋平はどうしたんですか。洋平にもお茶入れなきゃ」

「わかったよ。洋平は近いうちに来るから」

洋三は和菓子を買った時に、里江が打ち明けた話をかいつまんで話し、話題を変えた。

「いい話じゃないか。近いうちに二人で顔を出すらしいぞ」

「良かったですね。近い将来、結婚するかもしれませんね」

「結婚は気が早いだろうが、そうなってくれればうれしいことじゃないか」

「楽しみですね。そうなったらひ孫の顔が見られるかしら」

「楽しみだな。それにしても、ひ孫とは飛躍しすぎだな。……さて、夕飯の支度でもするか。お前も少し手伝ってくれるか」

「もちろんですよ」

房枝の沈みがちだった顔が明るく輝いて見えた。

——しかし、さっきのいやな予感は何だ。

単純な物忘れではない。それも突然である。認知症が頭をよぎった。医者が言った血管性認知症という言葉が洋三の頭を支配した。

洋平たちの明るい話題は頭の中から吹き飛んだが、房枝には明るく振舞い、台所で支度を始めた。洋三がアジの塩焼きとキンピラを受け持ち、房枝はサラダと味噌汁を分担した。

ところが房枝の動作が遅く、時折、考え込んで前に進まない。洋三はあえて黙って観察することにした。最近、確かに房枝の動作が鈍くなり、黙り込んでうつむく仕草が目に付くようになったし、と思えば急に明るくなって喋りだすようなことを洋三は気にしていた。

突然、房枝が野菜を切っていた包丁をまな板の上に放り投げた。

「だめだわ。わからなくなったのよ、頭痛いし」

頭を抱えて座り込んでしまった。洋三はとっさにガスの火を止め、房枝を抱きかかえて、テーブルの椅子に座らせて背中をさすった。

「どうした、頭が痛いのか。横になるかい」

「……」

「辛そうだから横になろう。今、布団敷くから待ってな」

急いで隣の和室に布団を敷き、抱きかかえて寝かせようとした時、房枝がしがみついてきた。

「頭が重いし、自分がわからなくなって。何だか怖い！」

「大丈夫だ。俺がついているから心配するな」

洋三は房枝を強く抱きしめて、心の奥で祈った。

——負けるな、房枝。

祈るように呟き、何とかしなければと思考を巡らせたが、頭は空転するばかりである。しばらく抱いていたが、房枝が少し落ち着きを取り戻したので横に寝かせ、手を握ってやった。房枝は薄目がちに何かを訴えるように洋三を見つめている。何とも不憫でならない。このまま認知症が進行してしまうのだろうか。それにしても突然、病状が現れたものである。

気丈夫でプライドの高い房枝にとっては認知症を自覚したら、さぞ苦しむことになるだろう。しばらくして、房枝が目を閉じたのを見て手を離し、大きくため息をついて立ち上がった。台所に戻って料理の続きをやろうとしたが手につかず、焼きかけのアジに火を入れ、切りかけの野菜はざるに戻した。そして、アジ二匹を肴に酒をあおった。飲まずにはいられなかった。

——明日、一番で病院に行こう。

頭の中で確認して、立て続けに酒をあおった。


二人は診察室にいた。

担当医は房枝にいくつかの質問をしたが、的確に答えている。昨日の病状は何だったんだろうかと、洋三は疑問が募った。

「本人を前にして現在の病状を説明してもかまいませんか」

「かまいません」

房枝がはっきりと言った。覚悟をしてのことか、否定的に捉えているのか、その言い方に洋三は判断しかねた。

「わかりました。今までの検査や診断、昨夜の症状から察して、初期段階であるとは言い切れないが、前もご主人に言いました血管性認知症の疑いがあります。いずれにしても、もう少し経過観察しないと断定できませんがね」

一瞬、房枝の顔が曇った。医者は続けて告げた。

「もう少し様子を見てのことだが、認知検査をして初期と診断されたら薬を処方します。今はそれしか言えないな」

「今までの検査や診断で画像の所見が有力だが、それだけで血管性認知症と判断するのは無理があるのじゃないかね。それと、認知症と判断された場合の処方する薬は何かね」

「だから、もう少し様子を見ようと言ってるんですよ。薬は一般的にはドネペジルという薬だけど、薬の名前を聞いてどうするんです」

「いや、聞いてみただけでね」

洋三はこの担当医に不信を持った。薬のことをあえて聞いたのには理由があった。

医学書によれば、ドネペジルという薬は脳血管性認知症の患者に投与すると逆効果と副作用があると書いてあった。この医者は認知症の一般知識しか持っていないのでは、と疑わざるを得ないと思った。それに認知症の専門医ではない。

——医者の言うことを鵜呑みにしてはだめだ。

洋三は頭の中で呟いて、俺がしっかりしなければだめだと、自分に言い聞かせた。担当医からいくつかの注意事項を聞き、降圧剤と血流促進剤の処方箋を受け取り、診察室を後にした。

外は曇り空で、ひやりとした空気が二人を通り過ぎていった。

――もう、昼だな。


その二日後に一度、台所で食器を洗っていた時に苛立って荒れたが、それ以外は落ち着いた日が続いた。

それから三日後、よく晴れた日の午後である。前日に連絡があったのだが、洋平と里江が揃って訪ねて来た。洋平は冬休みに入ったと言う。

「ご無沙汰しています。婆ちゃん、具合どうですか」

「大丈夫よ。この通り元気だわ。時どき頭痛がしておかしくなるけど。心配かけるわね」

今、お茶を入れるからね、と上機嫌で台所に立った。

「里江さんから聞いたろうけど、春以来、付き合っているんだ。付き合っていると言ってもメールやたまに手紙を書いたりで、二度ばかり会ったかな。東京で会った時には柴又に寄って、母さんと洋美にも紹介したんですよ」

「そうか、柴又にも寄ったのか。この間、房枝とも話したんだが、上手くやってくれ。里江さん、よろしくね」

「はい。どうなるかわかりませんけど」

里江は洋平の顔を覗いて、くすっと笑った。そこに房枝がお盆にお茶を入れて運んで来た。

「婆ちゃん。湯飲みひとつ多いよ」

とっさに、洋三は目配せして首を横に振った。洋平は理解したらしい。

「房枝、何か茶菓子なかったかい」

「ごめんなさい、忘れてました。手土産持って来たんです。びわ大福です」

里江はあわてて菓子袋をテーブルに広げた。

「あら、気が利くわね。早速いただきましょうかね」

房枝は機嫌良く振舞って菓子箱を開けている。洋三はほっとした。

「びわ大福か、久し振りだな。ところで洋平は来年春には四年か、早いものだな。進路は決めているのか」

「いやあ、まだ具体的には。教育学部だから、一応、教師ということだけど、まだわかりませんね」

「そうか。その点、里江さんは決まっている訳だからいいや。看護学校は二年制だから、二人とも同時に卒業ってことだな」

洋三は意識的に若者たちの話題をとりあげた。房枝は茶をすすり、大福を頬張っている。

「洋平君。今日は泊まっていくんでしょう。何日間の予定かしら」

「すみません。今回は二泊の予定です」

「休みに入ったんだろう。何泊でも遠慮するな。房枝もそのほうが喜ぶ」

「遠慮なんかしませんけど、それに二泊と決めてきた訳じゃなくて、要するに成り行きですね」

洋平はごまかし笑いをして場を作った。

「あら、もう昼ね。二人ともお腹すいたでしょう。昼食の支度しなくちゃ。それともたまには店屋物にする?」

洋三はびくっとした。

「ここに来る前に里江さんと昼は済ませてきたんだ。婆ちゃん、心配しなくていいよ」

「そうかい。それじゃ、私たちだけでも軽く済まそうかしら」

房枝は言いながら台所へ立って行った。洋三は二人に目配せしてから、

「そうだな。……洋平、二人で海岸でも歩いてきな」

居間の時計は二時を回っていた。二人はやりきれない思いを抱えながら、言われたとおりに玄関に向かった。

洋三は台所に立って観察していたが、房枝は何をしていいのか迷っている。このままでは発作が起きてしまうと察して、また後にしようと、房枝をなだめてテーブルに戻った。なぜ、こんなにも急速に症状が悪化してしまったのだろうかと、洋三は心の奥で苦しんだ。

半月もすれば年も暮れるというのに海からの風は涼風となって二人を包んだ。

二人は砂浜の手前のわずかな草原に腰をおろし、しばらく海を眺めていた。

「里江さん。時折、訪ねて婆ちゃんの様子を知らせてくれないかな。僕もできるだけ電話したり、来るようにするけど」

「そうね。今日の様子だと心配よね」

「認知症と決まった訳ではないらしいけど、あれほど進行が速いものなのだろうか」

「私も認知症のことはよくわからないけど、初期段階になるのに、人にもよるでしょうけど、数か月から何年もかかると言われているわ。速過ぎるわね」

凪の海面は陽に輝き、カモメが二十羽ほどの群れで波に揺られている。遠く沖には巨大なコンテナ船や貨物船が止まっているかのように見える。砂浜ではトンビが魚の死骸をついばんでいた。

「ところで、看護学校の期末は何日まで？」

「確か二十五日までかしら、楽しくやっているわ。期末試験もないしね」

「和菓子屋さんのバイトはずっと続けるの」

「そうね、少なくとも在学中はやるつもりだけど、勤めたら無理よね。誰か後釜を探すわ。二人とも八十半ばでしょう。今のところ元気だけれど、何年まで続けられるか心配よね」

「老いと一口で言うけど、個個にはいろんな問題を抱えて生きていくんだよなあ」

「それだけ社会は複雑ってことね」

「ただ、現実から目をそらしてはいけないということだけは確かだね」

「戻りましょうか。おばさんも心配しているわ」

「そうしようか」

陽射しはかなり西に傾いて、海に反射した光がまぶしい。その陽光と潮風を背に受けて砂浜を後にした。

洋平は歩きながら考えた。祖母の病気がこれからどうなるのか。認知症だと本人が自覚するのもそう遠くないはずだ。そうなれば気丈夫でプライドの高い祖母は、かなり苦しむことになるだろう。祖父は元気で心も頑強な人だが、七十八という歳である。在宅介護もそう長くは続かないだろう。いや、その前に高度な専門医療を受けさせることだ。

　親父に相談してみよう。その時は経済的支援も必要となるだろう。何の力もない自分にとって何ができるだろうかと考えを巡らした。

「里江さん。確か鴨川に大きな病院があったよね」

「ええ。私の通っている看護学校もその系列なのよ」

「今、かかっている病院の担当医は循環器の先生だと聞いているけど、認知症となれば専門医にかかったほうがいい訳で、セカンドオピニオンだっけ、詳しくはわからないけど、やる必要あるんじゃないかな」

「そうね。病気の分野が違うから直接かかれるけど」

「爺ちゃんに話してみよう」

「私も詳しくはわからないけど、初期治療が大事だと聞くわ。今が重要かもね」

　家に戻ると、房枝は居間の隣の和室で寝ていた。洋三は居間のテーブルで新聞を読んでいた。

「婆ちゃんの様子はどう？　寝ているけど」

「あの後、ちょっと危なかったが、ご覧のとおりだ。脳のコントロールができなくて、感情の起伏が激しく、物忘れ障害とは少し違うんだな。動作が鈍く、ふさぎこんでいるかと思えば明るくなったりで、一般的なアルツハイマーの症状とも違うようだ」

「血管性認知症の疑いがあると医師が言ったようですが、いずれにしても、専門医に再検査してもらったほうがいいのではないでしょうか」

「俺も当然考えていたところだ。今日は土曜だから来週早そうにも予約してみよう。あれが承知するかどうかだ」

「私も詳しくはわかりませんが、症状が違うにしても初期治療が重要だと聞いています。早い段階で専門医の精密検査と認知機能検査を受けたほうが良いと思います」

と、里江は看護学生らしく言った。

「そうだな。心配かけてすまん。……お茶でも入れるか」

と立ち上がったが、里江が私がやりますと言って台所に立った。洋三は大福の残りの箱を開けて、そのひとつを頬張った。

隣の和室で寝ている房枝は穏やかな顔だが、心なしか頬がこけているようにも見える。洋平はその顔を眺めて、なぜか胸にこみ上げてくるものを感じるのであった。


洋三は週が明けて早速、鴨川のＫ病院に診察予約の電話を入れた。診察予定は一週間後となったが、診察と同時に検査も頼み込んで承諾してもらった。無論、常勤の専門医はいるということである。

その診察予定の前日、房枝に事情を話して受診することを穏やかに説得した。しかし、意外にあっさりと受診を承諾したのだが。

「あなたは決め付けているようですけど、私、認知症じゃないですから。時どき頭が痛くなるだけよ」

「お前がそう思っているならそれでいいよ。ともかく予約してあるから明日行ってみようや」

「あなたが言うのなら仕方がないわ」

「ありがとうな」

当日は問診の後に採血と画像検査が行なわれ、年内最後の受信日に検査結果と認知機能検査をします、と看護師に告げられ予約票をもらって病院を後にした。

薄曇りだが風は温かい。洋三は国道を外れて海岸に出た。外房の海は果てしなく、水平線は霞んで空と一体になっていた。少し波はあるが静かで、名前はわからないが波すれすれに鳥が群れている。

二人は車の中で海を眺めている。房枝は洋三とこのような時間の流れが心の落ち着きを保ち、穏やかになるようである。

「正月には柴又の連中もみんなで来るだろう。賑やかになるな」

「洋美ちゃんも高校三年ですものね。孫たちは会うたびに成長していくわ」

「そうだなあ。それだけ俺たちは歳をとったという訳だ」

「……」

洋三はこの時間が長く続けばいいと思った。

前にも房枝の発作の後で、寝顔を見ている時やお茶を飲みながら洋平たちの話をしたり、海辺を二人で散歩したりした時間は今までなかったことで、妻への不憫さや愛おしさをつくづくと感じるのであった。

「さて、帰るとするか」

その日は晴れていたが北東の風で肌寒かった。

検査結果が告げられた。血液に異常はなかったが、脳画像は二度の脳梗塞によって、その周囲の神経細胞がダメージを受けている。地元の病院での画像よりも白濁が広がっていた。

医師はこれだけのダメージがあれば脳障害を発症するのは当然だろうと言い、今までの発作や症状を考えても脳血管性認知症の疑いはあると告げられた。

検査所見の後、認知機能検査が行なわれた。しかし、簡易知能評価表のほとんどの項目について、少し時間がかかる場合もあったが、房枝は答えていた。これに医師は首をかしげて、認知症状には人によって出方が違うので、総合的に判断する必要があるから断定はできない。ただ、実際に病状が現れている訳だから、治療は必要であると言った。治療といっても投薬である。

洋三は薬の種類が気になった。医師は血流改善のシロスタゾールと降圧剤を処方するとのことで、洋三は少し安心した。

ともかく、薬剤投与と経過観察という結論で二週間分の処方箋をもらった。次回は一月中旬の来院である。洋三は、ほぼ確実に認知症であることを受け入れざるを得ないと覚悟した。

病院から国道に出て、風は冷たかったが運転席の窓を全開して、風を顔面に受けながら走った。

負けてたまるかと、心の奥で誓った。
「房枝、寒くはないか。寒けりゃ閉めるぞ」
「ええ、少しだけ」

（三）

二月も中旬を過ぎ、寒い日が続いた。寒いといっても日中はだいぶ過ごしやすくなってきた。ましてや暖冬であったから、春も早い南房総である。

庭の梅の花も満開を過ぎて椿が盛んである。菜園はあれ以来、ほとんど手入れもされず雑草も伸び放題になっている。房枝はあれほど好きであった草花の手入れも、気まぐれに水やりをしたり、花を摘んで花瓶に生けるなどと、やる気を失ってしまったのである。

それどころか、今年になってからというもの、家事のほとんどを洋三がやるようになり、時折、房枝が手伝うがすぐに放り出してしまい、イラついたあげく物にあたったり、わめいたりすることも幾度かあった。

躁鬱を繰り返す頻度が多くなり、身辺の動作が緩慢になっていることに房枝自身が自覚していて、なおのこと苛立ちを自らにぶつけるのである。しかし、洋三にあたることはなく、時に、すがり付いて泣き出すこともある。洋三は少しばかり疲労していた。肉体よりも精神的な疲れである。

――このままでは、まずい。

洋三は奥歯を噛んだ。それにしても、専門医に診てもらって二か月経過するが、良くなるどころか悪化しているのはどういうことなのか。医療処置がまずいのか、手遅れだったのか、それとも他に病原があるのであろうか。いずれにしても、認知症が進行していることは間違いない。

冷静沈着な洋三であるが、目の前で壊れてゆく房枝を見ていると、心の動揺を抑えるのが難しかった。房枝自身も病魔と闘っているのが痛いほどわかる。プライドが高く、気丈夫さが自身への怒りとなり、そのはけ口として物にあたり、わめく行為となっているのだ。

時折、訳のわからないことを口走るのだが、落ち着いている時の言語はしっかりしていて、その落差が激しい。脳のコントロールが効かなくなり、正常な時に悩み苦しみ、自身への怒りとなって自傷行為となってしまったことも一、二度あった。

ある日の夜、隣り合わせに敷いた布団の中で房枝がすすり泣いていた。洋三はとっさに半身起き上がり声をかけた。

「どうした！　辛いのか」

「……」

「自分で悩んでいないで吐き出してしまいな」

房枝は布団を跳ね除けて洋三にしがみついてきた。

「私、このまま続いたら気が狂ってしまいそうだわ。何とかしてください」

静かだが心から搾り出すように言った。

「すまない。俺に力がないから……」

「そんなことないわ。でも怖いの。自分でなくなってしまうなら……。死んだほうがましだわ」

「そんなことはないよ。今までのようにはいかないが、穏やかに生きていればいいこともあるさ」

「それは無理です。記憶がある以上は苦しみ続けるのよ。記憶がなくなるまで苦しめと言うの」

洋三は言葉を見つけられなかった。良くなるからとか、生きていればいいこともあるなどという慰めは、房枝には通用しないことなどわかっているからである。

――現実を受け止めるしかない。

洋三はそう呟いたが言葉には出せなかった。

「良くなると信じることだ」

苦し紛れに言ったが房枝には通用しない言葉であった。

「私を理解してやってくれていることには感謝しています。だからこそ辛くて苦しいのよ。壊れていく自分が怖くて、気が狂いそうだわ」

それこそ現実を受け止め、自分と戦っているのだ。それにしても、房枝の言語はしっかりしていて、平常の時こそ苦しんでいるのだ。苦しみに耐え切れなくなって、脳の歯車が外れて爆発するのだろう。

そう思った時、突然、房枝は洋三にしがみついていた腕を放し、洋三の両手首を自分の首に引き寄せ、目を剥いて襲いかかるような形相で迫った。

「お願い！　死なせてください」

「何を言うんだ！」

洋三は言いながら房枝の腕を振りほどき抱きしめた。涙が溢れて止まらなかった。

「ごめんな、俺の力不足で。……でも、死ぬなんて考えるな」

「あなたもわかっているでしょう。私、限界なのよ。自分がわからなくなるまで生きたくないの。それまで苦しめと言うの。教えてください」

洋三は答えが見つからなかった。ただ、すまないと言って、抱いた腕に力を込めるだけであった。房枝は耐え難い思いを吐き出せたのであろうか、洋三にしがみついていた手を離して、ごめんなさいと言って布団にもぐった。洋三はしばらく座ったままで考え込んでいたが、眠れそうもなかった。

そっと布団を出て居間に行き、湯飲みに酒を注ぎあおった。

――俺は酒でごまかせるが。

洋三はまた目頭が熱くなってきた。

俺にはどうすることもできないのかと、自分を責めるしかなかった。投薬治療の効果がまったくないのはなぜか、再検査の必要があるのではないか。精神状態が安定していれば発作は起きにくいのであれば、鎮静剤を服用したらどうかなど、あれこれと考えを巡らせた。

次回、病院に行った時は病原の見直しと鎮静剤の件を話してみようと思った。それと、この状態が続くようであれば、介護ヘルパーが必要になるかもしれない。考えはまとまらず酒の量だけが進んだ。

十二時を回っていた。静まり返った夜である。

診察室には洋三ひとりがいる。

「女房は来れる状態ではなかったので、私だけで来た。まずいかね」

「患者本人がいない診察というのはまずいが、来れない状態じゃ仕方ありませんね。病状を聞きましょうか」

「単刀直入に聞きますが、世話になって以来、どう見ても病状が悪化している。投薬が効いていないようなのだが、再検査してもらいませんかね。それと、気分が落ち着いていると発作が起こりにくいように思えるのだが、鎮静剤の服用というのはどうかね」

「そもそも治る病気ではないですから。進行の度合いや症状も病体や人によってさまざまです。気持ちはわかりますが」

担当医は反発的に答えた。そして、付け加えて言った。

「ご主人の言う通り、病体の再検討をしてもいいですけど、変わらないと思いますよ。それと、鎮静剤と言いますが、種類や量にもよりますが、かえって行動が鈍くなったり、倦怠がひどくなって食欲もなくなったりと、副作用があります。それでも服用してみますか」

「ともかく試してみたいのだが」

「わかりました。それほど言うのなら短期間だけ試しに処方してみましょうか」

担当医は責任取れませんよ、という顔つきでパソコンのキーを叩いている。

洋三は血流促進剤と鎮静剤を薬局で受け取り病院を出た。薬局の時計は十一時を指していた。

——早く帰らなければ。

房枝を一人にしておくのが心配でならなかった。今の房枝にとっては俺しか頼るものがいない、頼るすべが俺しかないのだ。

昼少し前に家に着いた。帰ったよー、と声をかけ居間に入り、台所を見ると房枝が立っていて昼食の支度をしようとしている。しかし、流しの周りは野菜が散らかり、ガスレンジからは炎だけが上がっていて、房枝は呆然として立ちすくんでいた。洋三はとっさにガスを消し、包丁を取り上げて房枝を抱き締めた。

「すまなかった。飯の心配をしてくれたんだ」

「お腹すいたでしょう……」

「ああ、そうだな。後は俺がやるから。何を作ろうと思ったんだ」

「それがわからなくなったのよ。……あなたが来たから安心したわ」

房枝はほっとしたのか、テーブルの椅子に腰をおろして天井を見上げている。

洋三はお茶を入れ、冷蔵庫から先日、青山里江からもらったびわゼリーをテーブルに置いた。

「今、飯の支度するから、お茶でもどうだい。うまそうだぞ」

洋三もひと口頬張って台所に立った。

「私はもう食事は済んだの、食べたくないわ」

「そうかい。それじゃあ、俺だけ食べるよ。お前はびわゼリー食べてな」

洋三は胸がつまり、涙が出そうになるのをこらえた。房枝が日を追って内側から壊れていくのがわかる。洋三は疲れていた。俺は頑強な人間だと自負していたが、もろいものだと情けない気持ちに陥っていた。

気休めかもしれないと思ったが、鎮静剤を一週間服用させた。しかし、これといった副作用もないが、効果もなかった。ただ、薬とは関係ないと思われるが食欲が落ち、食事を拒絶することが増えてきたのだ。

救われるのは、洋三と一緒に飲むお茶と茶菓子だけはうれしそうに食べている。洋三もその時間と空間がほっとできるのであった。寝る時もできるだけ手を握ってやることで、安心して眠りに就くようだ。鎮静剤よりも、常に心に寄り添ってやることのほうが効果あるように思えた。

二月も終わる頃、早春の鋸南町には河津桜（地元では頼朝桜と呼ぶ）が咲き出し、菜の花とのコントラストがいっそう春を華やかにしている。田んぼでは早くもカエルが騒ぎ出し、まだ、ぎこちない鶯の声が近くに聞こえるようになった。

洋三は地域包括支援センターにいる。どうなるものかわからないが、何か頼れるものがないかとの思いで介護利用に至った。洋三自身の疲れが助け舟を望んだのかもしれなかった。

対応した四十代半ばの女性ケアマネージャに、今までの妻の病状と訪問介護やデイサービスがどの程度可能なのか、要介護認定を要望した。

「近いうちに一度お伺いして、本人の状況を確認してから後日、判定しますので。来週はいかがですか。都合の悪い日はございますか」

「私はいつでも構わないが」

「それじゃあ、訪問の前日に電話しますから。では、この申請書類に書き込んでいただけますか」

認定結果は要支援2であった。ホームヘルパー、デイサービスとも可能である。ケアプランをもとに訪問日と通所日が決められた。介護施設は車で五分もかからないところにある。

房枝はホームヘルパーは受け入れたが、デイサービスを拒否した。ともかく、一度試してみるだけだからと、洋三の説得でしぶしぶ承諾したのである。

そして、デイサービスの当日、迎えの車が来たが頑として乗車を拒否した。仕方なく洋三の車で施設まで送ることになった。

しかし、送り届けてから三十分もしないうちに施設から電話がかかってきた。職員の隙を見て施設から抜け出し、周辺を探し回ったが見つからないということである。もう少し探してみるが、それでもだめなら警察に捜索を頼みましょうかと言った。

洋三はとっさに、止めてくれと言い、今、私も探しに出るから、と電話を切った。

――房枝、俺が悪かった。……海岸だ。

洋三は徒歩で家を出た。感は当たっていた。以前、二人で散歩した海岸である。房枝はゆっくりとうつむいて向こうから歩いて来た。裸足である。洋三は自分のウォーキングシューズを房枝に履かせた。

「少し歩こうか。晴れた日は海がいい。靴がだぶついて歩き難いだろうけどな」

房枝は安心したのか少し笑って、洋三の手を握ってきた。洋三は裸足で、房枝はぶかぶかの靴を引きずるようにして、海を眺めながらしばらく歩いた。早春の海は静かに輝いている。

家に戻った洋三は施設に電話して、本人は家に戻ったと伝え、明日にでもケアマネージャに来てもらいたいと告げた。介護サービスをホームヘルパーも含め断ることにした。海岸を歩いている時に決めたのである。

——房枝がそれを望んでいるのだ。俺がやるしかない。

と、洋三は呟き、それを飲み込んだ。

十日もして、ひょっこりと洋平と里江が訪ねて来た。洋平は休みに入ったのだろう。洋平は手土産の菓子箱をテーブルに広げ、里江は台所に立ってお茶の支度をしている。

「和洋、今日は泊まっていくの。洋美ちゃんは一緒じゃないの」

と、なぜか息子の名前を呼んだ。洋平はかまわず言った。

「ええ。今晩は泊まらせていただきます。ただ、明日は青山さんの所に泊めてもらうことになっているんです」

大福を頬張り、洋三も話を合わせた。

「へえ、青山さんのところにか。もうそんな仲になっていたんだ。結構なことだ」

「あらいやだ、おじさん。変な風に思わないでくださいね」

里江は湯飲みを配りながら顔を赤くした。

「爺ちゃん。実は里江さんのお母さんのお誘いなんですよ。僕は断ったんですが、どうしてもと言うもんだから」

「いいわねー。二人のことを認めてくれたということよ」

房枝は手を叩いて喜び、うまそうに茶をすすっている。そして続けた。

「柴又の家には行ったの」

「はい。一度寄らせて頂きました。お母さんと妹さんにお会いしました。とても気さくでいいご家族ですね」

「息子には会えなかったんだろう。なぜか、あいつだけは堅物でな。だから銀行マンやっているんだろうけど」

「そんなことはないわよ。あれでやさしいところあるんだから」

房枝は機嫌が良かった。こういう時は気分が躁になり、言語がしっかりするのだが、気分が高揚し過ぎると頭が混乱してガクッと落ち込むのである。

洋三は里江を促して、海岸にでも房枝を散歩に誘ってもらうように言った。

「おばさん。天気もいいし海でも見に行きませんか」

「いいわね。ツバメが来ているかもしれないわ。あなたは行かないの」

「ちょっと洋平と話があるんだ。後から行くから、里江さんと先に行ってな」

房枝は怪訝な顔を見せたが、里江に手を取られて玄関を出た。

「爺ちゃん。話って何なの。大事な話？」

とっくに冷めてしまった茶をすすった。洋三も大福をかじって言った。

「お前には今までも状況を話してきたが、ここにきて急激に悪くなってきた。治療も期待はできないし、介護やリハビリなどもあいつには通用しそうもない。これからは俺が寄り添って少しでも気を楽にして生きられるように、行けるところまでやってみようと覚悟を決めた。お前には協力してもらいたいが、柴又の連中にはあまり心配かけないようにと思っている。あいつらにも生活があるからな。お前たちは乗りかかった舟だ。少しは厄介をかけるが、頼むぞ」

「はい、わかりました。里江さんと話してみます。近くにいるのは彼女だから頼んでみます」

「家の中のことは何とか俺がやるが、時どき買い物には困ることがあるんだ。ほとんどは生協で済ませているんだが、足りないものが出てくるんだよ。できるだけ女房を一人にさせたくないんだ」

「あまり彼女に負担をかけられないけど、他にも何かして欲しいことがあれば言ってください」

「無論、できるだけ自分でやるけど、俺が外出するとおかしくなるんだ」

「彼女も学校やバイトがあり、家に帰れば家事もありで大変みたいだけど、ちょっとしたことはやってくれるでしょう」

「里江さんはしっかり者だからなあ。すまんことだ」

「僕がもっと近くにいられればなあ。いっそのこと大学中退して、こっちで働くかな」

「バカ言ってんじゃない。ところで、お前の親父にだけは今の状況を伝えといてくれ。知っておいたほうがいいからな」

「はい、わかりました。親父にだけ伝えておきます」

「さて、海岸にでも行ってみるか。待っているだろう」

「はい」


十日もして、晴れた日の陽も傾きかけた頃に、突然、房枝が話しかけてきた。洋三は台所に立っていた。

「これから東京に行きましょう。柴又の洋美が待っているからと電話があったのよ。お願いします」

突然の東京行きの要求で洋三は理解に苦しんだ。

「わかった。わかったけど、今からは無理だよ。……明日にしよう。明日は土曜日だから皆もいるしな」

房枝は顔を曇らせたが、

「あなたが言うんじゃ仕方がありません。明日は必ずですよ」

「わかった。明日は必ず行こうな。さあ、飯にしよう」

洋三は台所から二、三のおかずとご飯をテーブルに運んで、一杯だけ湯飲みに酒をついできて座った。房枝は相変わらず食欲がなく、ろくに食べない日が続いていた。できるだけ好きなおかずを作るのだが、時には拒絶することもある。当然、痩せて頬がこけた顔は以前の面影が薄れてきた。

「明日は柴又の皆と会うんだ。元気なところを見せないと。いっぱい食べよう」

「そうですねー」

素直に言って箸を付け始めたが、うつむいて考え込んでいる。

「このチキンサラダうまいぞ。腕を振るったんだ」

身体は空腹なはずなのに拒絶するのはなぜだろう。それに、昼間は頻繁に居眠りをしているから夜が寝られなくなるという悪循環になっている。イライラが募り、布団をかぶって何か小さくわめいている。

――苦しんでいる。

洋三は涙が出そうになったが、房枝の手を引き寄せて強く握り、暫くそうしていた。

――明日は東京、どうなることか。

洋三は胸の奥で呟き、房枝の手を握りながら天井の一点を見つめていた。


朝食を軽く済ませ出かける支度をした。房枝の着替えを手伝ったが、東京行きのことは忘れていた。洋三はそれも承知の上だった。

少しでも記憶のあるうちに三十年以上、暮らしてきた家と柴又を見せてやりたいと思った。房枝が突然、柴又に行きたいと言い出したのも、心の奥で懐かしい記憶が一瞬蘇ったのかもしれない。この先、柴又に行ける保証はない。房枝の突然の要求は良かったのだ、と洋三は納得している。出かける前に柴又へ電話をし、皆がいることを確認して車で家を後にした。

久しぶりの東京である。高速道路を降りて江戸川区から葛飾区に近づくにつれ、生まれ育った環境は懐かしい。房枝も三十年以上の生活と、人生の多くを子育てと絵本作家として暮らした土地なのである。

息子たちの家が近づくと房枝は笑みがこぼれた。忘れてはいなかった。人生の充実した時間と空間は記憶の中に強く残っていたのだろう。

門の前で孫娘の洋美が立っていて、車を確認すると手を振っている。車を駐車場に入れ、降りた房枝は洋美と抱き合っている。やつれた房枝の顔が輝いて見えた。

洋三は来て良かったとつくづく思いながら玄関に向かった。玄関から息子の和洋と妻の加奈子、洋平も顔を揃えて出て来た。

居間で房枝を囲み、お茶を飲みながら談笑し、房枝の体調が良さそうなので帝釈天に行こうということになった。帝釈天には歩いて十分もかからない。洋美が房枝の手を引いた。

参拝した帰りの参道で昼食を済ませ、房枝が江戸川堤に行きたいと言うので、参道を戻って帝釈天の裏の土手に上がった。土曜日ということもあって河川敷には人が一杯である。河川敷の向こうには矢切の渡し場に人が並んでいる。春の陽射しを浴びて草は緑にむせて、川面は輝き、その中に渡し舟がゆっくりと揺られている。しばらく土手を歩いてから房枝の様子を見て、帰路についた。

病状を承知している和洋をはじめ皆が気を使ったが、気さくに対応してくれたので洋三も安心して見ていられた。

——いい家族だ。房枝も満足しただろう。

まったく問題がなかった訳ではなかったが、いい時間を過ごせた。そして、今日の事実はすぐに忘れてしまうだろうが、房枝には心の記憶として残るに違いないと洋三は思った。

時間は午後三時を回っていた。あっという間の楽しい時間であったが、明るいうちに帰宅したいと、柴又の家を後にした。

久しぶりの懐かしい柴又の家と帝釈天、そして家族との再会に房枝は興奮したのだろう。江戸川を抜け高速道路に入る頃には疲れて後部座席で眠りについていた。

——まだ、これからだというのに。

家族に恵まれ、里江さんやその家族、孫たちの行く末など楽しみはこれからだというのに、何という病にかかってしまったのだろう。病気を恨み、哀れと不憫さを禁じえなかった。ハンドルを握る洋三の目頭が熱くなっていた。


次の日の朝、二人はいつまでも寝ていた。九時を過ぎた頃になって軽く朝食を済ませた。房枝もよく眠り、食事の量も多めで落ち着いていた。天気は薄曇りだが、時折、春の陽射しが差し込んで爽やかな風が庭木の木木を渡ってくる。

洋三は溜まっていた洗濯物を干していた。それを見ていた房枝が部屋から降りて来た。

「あら、何であなたが洗濯なんかしているんですか。私がやりますから」

「ああ、そうかい。一緒にやろうや」

房枝は機嫌良く籠から洗濯物を取り出して物干しにかけ始めたが、間もなく動作が鈍り、止まってしまった。そして、突然、頭を抱えて崩れ落ちた。

——またか。

洋三は声に出すほどに胸の奥で叫んだ。急いで房枝を抱き起こした。

「どうした、苦しいのか」

「……」

すぐに動かしてはまずいと思ったが、静かに抱えて、やっとの思いで部屋まで運び入れた。房枝の身体は軽い。かなり痩せてしまったのだ。

少し横になっていたが急に起き上がり、頭を掻き毟って拳で叩いている。

「頭が痛い、胸が苦しいのよ。どうにかして！」

その後も言葉として聞き取れない呻き声を発して、畳を掻き毟っている。洋三は房枝を抱き寄せた。

「俺がついている。安心しろ！」

背中をなでて落着かせようとしたが、房枝は洋三の胸を掻き毟って抵抗した。

「もうだめです。あなた、もういいんです。死ぬの怖くありません。殺して、お願い！」

「何を言ってるんだ。生きていればいいこともあるよ」

「もういいんです……」

房枝は一筋の涙を流して、しがみついてきた。洋三も泣いた。認知症という病魔との闘いが限界となり、完全に壊れてしまったのか。哀れである。不憫でならない。

房枝はお願いします、と、懇願して洋三の両手をつかんで、自分の首にあてた。洋三は病気を憎んだ。自分が代わってやりたいと心の奥で叫んだ。

「お願いします。やってください」

と叫んで、目を閉じた。以前に経験した形相はそこにはなかった。静かである。覚悟が見えた。

洋三は頭の中が真っ白になって呻き、手に力を込めた。

「房枝、許してくれ」


どれほどの空白が過ぎたであろうか。洋三は息の切れた房枝を抱き続けた。涙が止まらない。現実なのだろうか。真っ白になった頭が少し回復し、後悔の念が一気に襲ってきて、心も身体も震えた。なおも空白の中で、これからどうすべきか洋三の頭は宙をもがいた。

抱いていた房枝を静かにおろし呆然と顔を眺めた。やつれているが苦悩から開放された穏やかな顔に見えた。

洋三は少し罪の意識が和らぐようであったが、殺害したという罪の意識は強烈に残っている。放心し、意識が空転する中で、後悔とともに房枝との充実した生活や、病魔との闘いなどの情景が目まぐるしく回転した。

やや、時間があって頭の中が落ち着き出した。自分は房枝の病魔に手を尽くしたであろうか。房枝に手をかけてしまったのは、自分にも諦めの気持ちがあったのではないか。いや、そんなことはない。手立ては考え尽くしたつもりであるし、病状が落ち着けば寄り添い続けて生きていこうと決めたはずだった。

房枝の性格や思考はよく理解している。人として生きる意味と尊厳を強く思考する人間であった。房枝は自分が自分でなくなり、わからなくなるまで生きていたくないと言っていた。死にたいと思う心の叫びは理解できた。自分がそうであったら死を選ぶであろう。茫漠とした天を仰ぐように天井の一点を見つめ、自死を決意した。

夜具を部屋の隅に敷き、房枝を寝かせ、自室から便箋と封筒を持って来て、居間のテーブルに座った。しばらく天井を見つめてからペンを取った。

和洋へ。房枝を殺してしまった。後悔している。俺もこれから房枝のところに逝く。後始末を頼む。　洋三

――明日には届くだろう。すまない。

封をして、また便箋に向かった。

家族の皆へ。人生の最後に思いもよらぬことを起こしてしまった。病には勝てないとい

うことだろう。お前たちには負の遺産となってしまい、申し訳ない。お前たちはいい家族で安心しているし、良い財産を残したと自負している。負の遺産を乗り越えて自らの道を進んで欲しい。

我々の葬儀や墓などは一切無用だし、遺骨の処分に困ったら樹木葬か散骨でもしてくれ。家財など必要以外の物はすべて処分してくれ。最後の我儘である。　洋三、房枝

これも封筒に入れ、表に遺書と記しテーブルに置いた。投函すべく近くのポストまで歩いた。曇り空は重くあくまでも空虚で、町の風景はまったく目に入らなかった。帰宅し、房枝を前にして最後となる酒をあおった。

ふと、カーテンの隙間から庭の奥に咲き残った椿の花が一輪、葉陰に見えた。

——紅の　五弁の命　尽きるとも　風に吹かれて　土とならんや
声に出すほどに心の中で詠った。覚悟はできていた。

もう一杯酒をあおってから、箪笥から着物の帯揚げ紐を取り出し、押入れの天袋を開いて、中柱に紐をくくった。居間から椅子を持って来て前に据え、今一度、房枝の前に座り顔をさすった。

——今、逝くからな。

涙が出て止まらなかった。その時、玄関のチャイムが鳴った。洋三はそれを無視して立ち上がり椅子に向かった。チャイムを鳴らしたのは里江であった。二日前に頼まれた買い物を届けに来たのである。里江は車があるから居るはずだと庭のほうに回り、こんにちわと声をかけながらカー

テンの隙間から中を覗き込んだ。

洋三が椅子に上がろうとしている。寝具には人が寝ていて、顔に白い布がかけてある。その異常な光景に、初めは何が起こっているのかわからなかったが、次の瞬間、頭が真っ白になった。ガラス戸には鍵がかかっている。里江はとっさに庭のレンガでガラスを割った。部屋に飛び込んだ里江は叫びながら洋三に抱きついた。

「やめて！　死なないで！」

二人は抱きついた勢いで、その場に倒れた。

「死なせてくれ！　房枝に誓ったのだ」

「……」

「俺はこの手で房枝を殺してしまった。死んで当然だ」

「だめです。死ぬなんてだめです」

里江は言葉が見つからなかった。ただ必死に洋三にしがみついていた。洋三は呆然とへたり込んだまま呻いた。

「何とかしてくれ。俺はどうしたらいいんだ」

「死んではだめです。生きてください。おばさんの分まで」

二人はへたり込んだまま動けなかった。暫くして、いや時間にすれば三分もたっていないかもしれなかったが、我に返った里江はポケットからスマホを取り出し、電話をかけた。

「洋平さん！　涌井のおじさんのところで大変なことになっているの。すぐに来て。何がなんでもすぐに来てください」

「何があったんだ」

「説明なんかできないわ。ともかく急いで」

「わかった。これから車で出るから」

「気をつけてね。待ってるから」

洋三は呆然としたままで天井を見ている。

「里江さん、すまなかった。君を前にして自害する訳にもいかない。……しかし、このままという訳にはいかないのだ。妻に懇願されたとはいえ、殺人者だ」

「……」

「自首することにした」

「私には何も言えません。ただ、生きてください」

「妻は壊れていく自分に苦しんだ。それも限界となってしまったんだ。不憫でならなかった。俺にもやったこととの善悪はわからない。ただ、後悔している」

洋三は話しているうちに落ち着きを取り戻した。居間に行き、一一〇番を押した。

「警察ですか。私は鋸南町の涌井洋三と申します。今、女房を殺害しました。自首をします。出頭したほうがいいでしょうか。……遺体は自宅です」

「何っ！　殺したと。……わかった。住所と電話番号を言いなさい。自首したということは嘱託殺人ということか？　現場検証もあるから、こちらから行く。待ってなさい」

「パトカーで来るんですか。できれば近所に申し訳ないので、サイレンは鳴らさないでくれませんか」

「呆れたね。こんな時に警察に指示するのかね。こういう時はサイレンは鳴らさないもんだ。あんた、逃げる訳じゃないだろう。自宅を離れないように、わかったね」

それから四十分は過ぎたであろうか、玄関前に黒塗りで屋根に赤色灯を載せた車が横付けされた。刑事三人が入って来て、年長の刑事が洋三を確認した。

「涌井洋三さんですね。T署の川名浩一と申します。いずれ署のほうで調書を執らせてもらいますが、少しお聞きします。ところで、そこの女性は誰ですか」

警察官にしては丁寧な言葉使いで、穏やかである。二人の刑事は遺体の確認や首吊りの紐などにスケールをあてたり、メモを取り写真を撮っている。

「彼女は青山里江さんと言い、地元の人間です。たまたま訪ねて来て私の首吊りを止めてくれたんです。あのガラス戸を割って」

「そうですか、大変でしたね。青山さんも参考人として署に任意同行願います。都合が悪ければ明日でも結構ですが」

「明日は都合があるので今日行きます。でも、もう少しすると涌井さんのお孫さんがここに来ることになっているんです。それから行くということではまずいでしょうか」

「構いませんよ。失礼だが、住所、氏名を控えさせてください。そうだ、安井君。二時四十分、身柄確保だ。記録したかね」

と、言って若い部下に指示した。

川名という刑事は居間のテーブルに座って、洋三と里江にも腰かけるように促した。

「いくつか確認しますが、まず奥さんを殺害した動機と殺害方法、その時刻。そして、首を吊ろうとした形跡があるようだが、その辺の状況を説明願いませんか」

洋三はゆっくりとひとつずつ思い起こすように房枝の病気から話し始めたが、状況説明や時間などは記憶がまるで飛んでいて、漠然とした説明しかできなかった。

里江が横から言った。

「私が頼まれた買い物を届けに来たのが十二時半頃だと思います。玄関で応答がなかったので庭に回ってカーテンの隙間から中を見たら、涌井さんが死のうとしていたので、ガラスを割って鍵を開け中に入り、抱きついて止めました」

病苦の妻に懇願され、発作的に扼殺した。自らも後を追い、自死しようとしたが、偶然の来訪者によって阻止され、やむなく自首することになった。

川名という刑事は以上のようにまとめ、安井という若い刑事に筆記させた。現場での検証も済んだようだ。

「さて、もう着く頃だろう。奥さんの遺体は検死のため署に搬送します。後で会えるかもしれないが、お別れをしておいたほうが良いでしょう」

川名という刑事は洋三を促し、自らも遺体に手を合わせた。

洋三は房枝の亡骸の白いハンカチを外し、頬をなでた。穏やかな顔がかえって胸を突き上げ、一筋の涙となった。

——すまなかった。俺が無力なために。

まもなく搬送車が到着し、遺体が乗せられて出て行くのを見送り、洋三は川名と安井の刑事に挟まれ後部座席に座った。近所の人が遠巻きにして心配そうに見ている。

里江は見送らず、居間のテーブルの椅子に腰かけ、呆然と天上の一点を見ている。今までの人生で味わったことがない、これからもないであろう衝撃を目の前にして、感情と頭の整理がつかず、空虚な空間と時間が流れた。

——もう、とっくに着いていいはずなのに。

三章

風の果て

洋平と里江は国道を館山に向かっていた。二人は無言である。

一方、T署に着いた洋三と刑事たちは裏の通用口から二階の刑事課に入った。妻殺しの情報が広まっていて署内はざわめいている。川名刑事はそれらに目もくれず、課長席に進みながら部下に指示した。

「四時半から取調べをやるから取調室に連れて行きなさい。目を離すなよ。やられるとまずいからな」

「わかりました。手錠はどうしましょう」

「逃げも隠れもしまい。やらんでよろしい。逮捕状の手続きもこれからだからな。ともかく目を離すなよ」

一度は自首を決めたものの、首吊りは阻止されたものであって、自死の意志はまだあるかもしれない。川名刑事は刑事課長に現場での聴取内容、状況記録などを説明した。

「課長、至急、逮捕状の手続きを願います。調書は取調べが済み次第作成します。事実簡明な事件ですから、一回の取調べでことは済むと思いますが」

報告が済んで川名刑事は自席に戻った。腕を組み、調書をどうまとめるか思案した。嘱託殺人など滅多にあるものではない。刑事になった若い頃に一度立ちあったきりである。

何点か手帳にメモ書きをし時計を見た。四時二十分である。そこに逮捕状を持った事務官が急ぎ足で、お待たせしました、と言って手渡した。

取調室は二階の奥の両側にある。その一室に洋三と安井という若い刑事が座っていた。洋三は背筋を伸ばし、少しうつむき加減に机を見ている。川名刑事が入って来て、机を挟んで洋三と対面して腰をおろし、告げた。

「十六時二十五分、これから取調べを行ないます。私、刑事課の川名浩一が取調官を勤めます。その前にあなた、涌井洋三に逮捕状が出ました。殺人容疑です。確認してください」

「承知しました」

机の上に差し出された書面の、殺人容疑という文字は改めて後悔の念を深くするのであった。

取り調べは本人、妻、家族の確認から始まり、妻の病状、殺意に至った動機と経過、自死、自首への動機と状況など、ひと通りの事件に関わる確認をした。

「話の中に不憫だとか、思いやりの言葉が多く出てくる。だから懇願されても殺そうなどという意識はなかった。奥さんを苦悩から解放してやりたかった。そういうことですか。……ただ、嘱託であろうが、殺人に変わりありません」

「ありがとうございます。その通り、殺人者です。自分の無力を恥じています」

「あまり自分を責めないほうがいい。やってしまったことは元には戻りません。後は法の下で償うということです」

「……」

「お孫さんの彼女が言ってたでしょう。生きて償ってくださいと。しっかりした娘さんだ」

「わかりました」

「ところで、涌井さんは姿勢がいいですが、何かやっていますか」

「剣道です。今は止めましたが」

「ちなみに何段ですか」

「七段です」

「ほお、七段。凄いじゃないですか。私もやりますが身を入れてやらないものですから、未だに五段でうろちょろしていますよ」

川名刑事は照れ笑いをしながら書記の安井刑事に顔だけ向けた。

「今の会話は記録無用だよ」

「はい。わかっています」

「ところで、若い者が画室があると言っていたけど、絵も描くんですか」

「はあ、油絵を。趣味の延長みたいなものです」

「いい趣味ですね。絵は描けないが、見るのは好きでよく見に行きますよ」

川名刑事は取調べとは関係のない話を続けた。取調べの中身は単純明確であり、後は検察に送ればことは足りる。無論、被疑者は罪を認めている訳であるから、検察の起訴に手間がかかる訳でもないだろう。ただ、その間に被疑者に自死でもされたら所轄の警察は無論、担当官もただでは済まされない。川名刑事はそこが心配であった。だから私語の中で、被疑者の内面を探ろうとして、打ち解けた話を持ち出したのだ。

その時、取調室のドアが開き、刑事であろう若い男が、参考人を課のほうに待たしております、と告げた。

「わかった。今、終わるから。被疑者を留置所のほうに連れて行ってくれ。安井君も同行して、ついでに参考人を連れて来てくれるか」

「はい。わかりました」

若い刑事も同時に返事をして待機した。

「涌井さん、今日はこれで終わります。たぶん取り調べはもうないでしょう。何か言い残したことはないですか」

「……ありません」

「十七時五十五分、被疑者、涌井洋三の取調べを終了します。涌井さん。青山さんという娘さんの取調べは、ほんの参考までのことですから心配ないですよ。それじゃあ、君たち頼むよ」

この五十半ばの刑事は穏やかで、律儀な男だと感心して深く頭を下げた。洋三は二人の若い刑事に挟まれて、取調室を出て行った。

里江の参考人取調べは至極、簡単であった。涌井洋三との関係、家族、職業、涌井家訪問の理由、洋三の自死行為の状況などの確認である。川名刑事が確信を得たかったのは自死行為の真実性であった。

参考人の状況証言は迫真に迫っており、偽装行為などは感じさせないし、書き残した遺書も真実を語っていた。そして、現場から取り調べまでの過程で被疑者の内心を川名刑事は読み取っていた。偽装の疑いは警察官としての念の為である。

警察を出た洋平と里江は帰路についた。西の空にはわずかに赤味が残っているが、黒く重い雲が全体を覆い、間もなく雨が落ちてきそうな気配である。

二人の間にも重い空気が支配していた。洋平がハンドルを握りながら重い口を開いた。

「どうなるんだろうか。突然に人生の歯車が狂ってしまった。嘱託殺人というものが実感としてわからないが、爺ちゃんは、これから罪を背負って生きて行くことになるのだろうか」

「あの頑強なおじさんの人が変わってしまったみたい」

「人は病気には勝てない、俺は無力、と言っていたが、わからないものだね」

「おばさんにはいつも横柄だったけれど、ほんとうは愛していたのね。愛していたからこそ、苦悩するおばさんの死にたいという懇願を受け入れたんじゃないかしら」

「だから、後追いをしようとした。しかし、君が偶然に訪ねなかったら、爺ちゃんもこの世にはいなかったかもしれない。巡り合わせかな」

「何とも辛いことね」

里江は大きくため息をついて続けた。

「今日、取調べが終わったけど、この後はどうなるのかしら」

「たしか、検察に送られて立件されれば起訴されるんじゃないかな。その後は裁判になる。嘱託殺人がどれほどの罪になるか、よくわからないけど。人の話だと、刑は三、四年で執行猶予が付くらしい」

「おじさんにはこれから辛くて苦しいことでしょうけど、生き抜いて欲しいわ」

「そうだね」

鋸南町に近づいた頃には暗い空から雨粒が落ちて来た。

「洋平さん。今夜どうします。よかったらうちに泊まりませんか」

「今日のこともあるし、君の家族に迷惑をかけることになるよ」

「逆だと思うわ。いずれにしても家族には話すことになるし、わかってもらわなくてはならないでしょう」

「それでなくとも君には大変な迷惑をかけてしまったし」

「今日の体験は一生忘れられないわ。……ともかく食事だけでもうちで食べましょうよ」

「わかった。それじゃあ、食事だけでも」

洋平の車はそのまま青山家の車庫に着いた。日曜日のため母親もいて、泰造と二人で食事の最中であった。

里江はテーブルに着くなり、驚かないで、と断ってから今日の出来事の一部始終を努めて冷静に話した。泰造と花江は驚き、唖然として食事もやめてしまい、食卓は沈黙が支配した。少し間をおいて泰造が口を開いた。

「まったく辛い話だが、起きてしまったことは仕方がない。後は洋三さんが法の裁きを受け入れ、どう生きて行くかだ。ところで洋平君。今後のことで警察は何か言っていたかい」

「私は警察と接触していないので何もわかりませんが、たぶん、何ごともなければすぐにでも検察に送られるんじゃないですか」

「洋三さん本人が罪を認めているんだから、すぐにでも起訴ということになるな。まだ早いが弁護士のことも考えておいたほうがいいかもしれないな」

「今はそこまで頭がまわりません」

「そうだよなあ。今日、事件が起きたばかりだ。もし、弁護士が必要になったら、知り合いの弁護士に相談してみるか」

「その時にはよろしくお願いします。親父にも話してみますけど」

「洋三さんにとっては君は身近な存在だ。大変だけどがんばってあげなさい」

かろうじて四人は食事を済ませ、洋平は結局、泊まることになった。二階の和室に里江が布団を敷いてくれて、今後のことは明日話ましょう、と言って部屋を出て行った。

洋平は寝付けなかった。頭の中が混乱して空転している。ともかく、柴又の家族に連絡をして来てもらわなくてはならない。警察にも行って、婆ちゃんの遺体が検死後、いつ返されるのか確認して手配もしなければならないだろう。その後に葬儀のこともある。親父に相談するしかないだろう。

しかし、親父の仕事の立場上、この事件が明るみに出れば、少なからず影響はあるはずだ。親父はどう乗り切るだろうか。できるだけ親父の代行を自分がやらなくてはならない。と、心にしまい込んだ。

それにしても、何でこんなことになってしまったのだろうか。あれだけ仲のいい何の不自由のない、普通の生活をしていて、家族からも尊敬されていた祖父母。俺の大好きな祖父母。爺ちゃんが言っていた。人間病気には勝てない、俺が無力だったと。生と死を分けたもの、その瞬間に何があったのだろうか。

未熟な自分にはよくわからないが、爺ちゃんがよく言っていた、人間愛と尊厳というものかもしれない。これからは自分が爺ちゃんを守っていかなければならないと密かに誓った。

静まり返ったまどろみの中で、窓に薄明かりが差してきて、遠くで鶯がひと鳴きした。

洋三は留置場の中で朝を迎えた。夜中まで降り続いていた雨も上がり、鉄格子の窓からは薄日が差し、洋三の顔を照らしている。

――今日は何があるのだろう。

畳んだ煎餅布団の上で不安気に胡坐をかいている。その姿、顔は以前の洋三ではなかった。頑強で横柄な気配はどこにもない。

頭が重たかった。昨夜は浅い眠りしかとれていない。死に損なった自分と房枝の不憫な顔が目の前で交錯し、頭の中でもがいている。以前の自分を取り戻せるだろうか。いや、そんなことはどうでもいい。罪の償いをどうするかだ。今はそれしか考えられなかった。

しばらくしてドアが開き、当直の刑事であろう男が、コンビニで買って来たのであろう握り飯とインスタントの味噌汁を持って来た。

「昨日は眠れたかね」

不機嫌そうな顔で言った。

「いや。……ところで、今日はどんな予定なんですか」

「わからないね、俺は担当じゃないからね。後で担当の者が来るだろうよ」

「……」

一時間もたったであろうか、安井という若い刑事が顔を覗かせて取調室に案内した。取調室には川名刑事が机の手前に座り、肩肘をついて待っていた。

まあ、どうぞと着席を促した。

「眠れましたか。いや、眠れなかったでしょうね。今日は取調べというよりも、昨日の自白調書の確認をし、問題がなければ検察に送検します。よろしいですか。……それでは九時十五分、第二回の取調べを行ないます。まず昨日の調書の本人確認を行ないます」

告げてから、川名刑事は作成された長文の自白調書を読み上げた。

「以上ですが、間違いありませんか。問題があれば言ってください」

「間違いありません」

「そうですか、わかりました。それではさっそく検察に送りますので。取調べとは関係ありませんが、後日、検察から呼び出されて同じような取調べがあります。問題がなければ起訴ということになります。裁判ということです。余計なことかもしれないが、弁護人はどうするのか考えておいたほうがいいでしょう」

「弁護士ですか。今、そんなこと考えてもいません。考えるとすれば、弁護人は必要ありません。私を弁護する必要がないからです」

「それはまた。……それほど自分を責めているということか」

「嘱託といっても殺人です。弁護の余地はありません」

その言葉だけは毅然としていた。

洋三は今、房枝にできる償いは死に損なった自分を弁護することではなく、法の下で罪を認めることであると確信している。

「よくわかりました。勉強になりましたよ、涌井さん」

「……」

「ここでの取調べは今後ないと思いますが、検察での取調べ中、被疑者は警察での拘留となると思いますから、よろしいですか」

「わかりました。世話をかけます」

川名刑事は書記をしていた安井という若い刑事に、後は頼む、と取調室を後にした。警察の人間、それも刑事にしては穏やかで律儀な人間だと感心し、刑事の背中に向かって頭を下げた。

洋三は検察の検事室に誘導され、手錠と腰縄を解かれ、看守が検事の前の椅子に座るよう指示した。窓を背にした正面には四十半ばの検事が大きな机を前にして、洋三を直視している。左側には風采の上がらない事務官が仕切りと書類に目を通していた。

「涌井洋三だね。検事の佐々木だ。今から取調べを始める」

検事は高圧的に取り調べの開始を告げた。

氏名から始まり、出身地、職業、家族構成などひと通りの供述に従い、読み上げて確認をした。

「扼殺による嘱託殺人と自死の未遂か。女房を殺したことは認めるね」

「はい」

「首を吊ろうとしたのは本当か」

「はい。そうです」

洋三は頭がずきんとした。検事の顔を正視した。

「調書をよく読んでください。調書の通りです」

「まあ、いいだろう。自白によれば女房を殺した後に、東京の息子家族に手紙を送付し、遺書めいた文章も残している。女房を殺し、自分も死のうという時に余裕があるね」

「妻の顔を見ていて、自分も死のうと覚悟を決めたからです。手紙を書いたのは遺体を放置しておく訳にはいかないし、家族に発見してもらいたかったからです。遺書は当然のことだと思います」

「なぜ殺したのかね」

「それも調書で詳しく自白しました」

「私はあんたの口から直に聞きたいんだ」

「不憫でならなかったからです。妻は壊れていく自分に恐怖し、懇願したのです」

「誰だって、認知症だろうが他の病気だろうが、最後は壊れていくものだ。壊れたって人間だし、寝たきりだって人間だ。それを介護する家族は全国にごまんといるじゃないか。そう思わないかね」

「そうかもしれません。しかし、あなたにはわからないでしょう。愛情のかたちというものが……」

洋三はこれ以上話しても仕方がない。言い訳になってしまうし、このような男には人の内面の深いところなどわからないであろうと、話を切った。

確かに認知症や障害者、寝たきりの病人、その介護をする家族は数え切れないであろう。それは洋三もわかっているし、苦しんだことである。生と死を超えた人間愛、夫婦愛がそこにあってもいいのではないか。確かに愛があれば殺人が許されるものではないし、たとえ嘱託であっても殺人罪として法に定められてきたのだ。

だから、法に従い罪を償うことは当然のこととして受け入れ、覚悟したのだ。しかし、生死を超えた人間愛と法の下での罪とは、殺人という結果は同じでも、その人間の内心は違ってくる。壊れたって寝たきりだって人間だ。それを介護する家族はごまんといる。介護放棄ではないのかという単純な話ではないのだ。

洋三はこれ以上、話すまいと決めた。

「ほお、愛情のかたちねえ。まあいいだろう。いずれにしても、扼殺による嘱託殺人と被疑者の自殺未遂。単純明白だな。あと、言っておくことはないかね」

た。

「ありません」

何とも頭からの犯罪者扱いである。以前の洋三であれば噛みついたであろうが、今は自責の念で一杯なのである。罪は誰が何と言おうと自身が認めているのである。早くこの場を後にしたかった。

事件翌日の午前十時過ぎ頃、洋三宅の固定電話が鳴った。警察からである。洋平は事件当日、青山宅に泊めてもらったが、今日は朝から洋三の家で部屋のかたづけや割れたガラスの手配などをしていた。今朝、柴又に電話を入れたが、すでに父親は出勤していて、事件のことは家族に伝わっていない。

警察からの電話は、房枝の検死が済んだので引き取りに来るようにとの要請であった。洋平は即座の返事に困ったが、わかりましたと答えるしかなかった。

「引取りの車はどうしたらいいでしょうか。それと、いつ頃までに行けば」

遺体の引取りのことなど洋平の頭の中にはなかった。

「近くに葬儀屋があるだろう。いずれ葬儀をするだろうから葬儀屋に頼めば手配してくれるだろう。できれば今日中がいいかな」

――葬儀屋は後で手配するとして、親父に早く電話しなくては。

父親の和洋は職場で電話を受けた。驚いた様子だが、声は冷静に受話器に響いた。後でこっちから電話するからと電話を切った。

洋平はひと安心して、居間の棚にあった町内の便利帳の広告欄から葬儀屋を見つけ、電話した。大まかに事情を話した。午後一番で打ち合わせに来ることになった。しばらくして、父親の和洋から電話があり、明日から二日間休暇をとり、今夜にでも来る予定だと言う。葬儀屋との打ち合わせでは、警察の手配、引き取った後の遺体の納棺などすべての段取りの説明があった。今夜、父親が来る予定なので、明日の午前中にでも打ち合わせに来て欲しいと頼んだ。

最後に、葬儀屋の年配の男は、警察の遺体引取りには身内の立会いが必要なので同行願います、三時に迎えに来ますから、と言って引き上げて行った。実に手際のいいことであると感心した。

午後五時過ぎ、洋平は遺体となった祖母と共に戻って来た。三人の葬儀屋の男たちは手際良く遺体を白装束に着替えさせ、納棺した。顔に化粧をし、香と花を整えた。そこに里江が来た。洋平が電話をしたのである。

葬儀屋の責任者らしい一人が、終わりました、と頭を下げながら明日十時前には来ます、と告げて引き上げた。

洋平と里江は棺の前に正座して、まだ蓋のしていない棺の中の房枝の顔の白布をとり、しばらく眺めている。そして、香を焚き手を合わせた。静かである。その静寂な空気の中を行き場のない香の煙が漂っていた。沈黙がしばらくあって、洋平が重い口を開いた。

「大好きだった二人がいっぺんに手の届かないところに行ってしまった。崖から突き落とされたようだ」

「……」

「でも、君のおかげで爺ちゃんの命だけは助けられた」

「これからおじさんは苦しみを背負って生きていくのね」

「以前の強い爺ちゃんであれば乗り切れるだろうけど。周りがあれこれ言っても仕方ないが、少しでも寄り添ってやることだと思うな」

「そうね。私も少しでも力になるわ。……あっ、そうだ。来る時にコンビニでおにぎりとサンドイッチ買って来たから食べましょうか」

二人は居間のテーブルに移り、里江がお茶の支度を始めた。

「言うの忘れてたわ。アルバイト止めることになったの。後釜が見つかったのよ。母親もそうしたらって言うものだから」

「それは良かった。お母さんが言うのなら」

「母親としても私に家事をやらせているし、それと看護学校もあと一年でしょう」

「そうだね。何しろ君は忙し過ぎるからな」

午後八時半近くに和洋と洋美が来た。母親の加奈子は明日はどうしても職場を休めず、仕事が終わった足でこちらに来るということであった。食事は途中で済ませたと洋美が言った。

里江は和洋とは初対面である。

「初めまして、青山里江と申します」

「やあ、初めまして。話は聞いていますよ。大変な思いをさせて申し訳ないですね」

「今、お茶を入れますから」

「いや、それより、おふくろに線香をあげなければ。洋平にもいろいろと面倒をかけてすまなかったな」

隣の和室に納棺された房枝の前に洋美と共に正座した。洋平が房枝の顔の白布をとってやった。洋美が、婆ちゃん、と声を上げ泣き出して棺にしがみついた。

和洋も堪え切れずに泣いた。洋平は父親の泣き顔を見るのは初めてである。　里江もつられて両手で顔を覆った。　房枝の顔はやつれているが、死に顔とは思えない穏やかな表情である。だから余計に哀れで悲しいと、洋平の胸は締め付けられた。

しばらくして、四人は居間のテーブルに戻り、里江の入れたお茶をすすった。

「ところで、洋平、葬儀屋は何と言ってた」

「明日の午前十時頃に打ち合わせに来ると言っていました」

「そうか。里江さんにも聞いて欲しいが、事情が事情だから葬儀はしません。明日の夜に内うちでの通夜をして、明後日に身内だけで火葬を済まし、遺骨はその日のうちに東京へ持ち帰ることにする。……女房も明日の夜には来ることになっている。どうかね」

「はい、わかりました」

「葬儀はやらないと言ったが、通夜には親しい人に声をかけたいが、どうだろう」

「よくわからないけど、青山さん家族と、近所で親しくしていたのは向かいのおばさんかな。それと組長さんにも声をかけたほうがいいかもしれないね」

「わかった。その向かいの奥さんに相談してみよう。里江さんもよろしくね。ところで、洋平は学校のほうが許す限り、こっちに残ってくれないか。親父のことがあるからな。何かあるごとに会社を休む訳にもいかないから、すまないが頼む。金は少し置いていくから」

「了解しました。情報は入れるし、困った時は電話するから」

「親父はどうなるかな。今は検察に送られていると言ったね。すぐにでも起訴されて裁判ということになるんだろうな」

「裁判のことはよくわかりませんね。青山さんの知り合いの弁護士さんに相談してみます」

しばらく二人の話が続いたが、里江が立ち上がった。

「私はそろそろ帰ります。明日の夕方には来るつもりですが、何か手伝うことがありましたら言ってください」

「ありがとう。君には助けられる。ご家族によろしく伝えてください」

「わかりました。それでは明日」

洋平も外まで見送りに出た。夜空には星が輝いていた。

和洋は台所に置いてある一升瓶に目が止まり、飲むかと呟いてコップに注いで口に含んだ。和洋も酒は嫌いなほうではない。洋平が戻って来た。

「お前もやるか。これも供養だ。飲まずにはいられない」

「勝手な理屈ね」

洋美が横槍を入れた。

「そうしますか」

洋平もテーブルの湯飲みに注ぎ、ちびりとやった。

翌日の朝は三人とも早く起き、房枝に線香をあげてから、洋平が近くのコンビニでおにぎりと調理パンを買って来て軽く朝食を済ませた。

その後、揃って家中のかたづけと掃除が終わりかけた頃に、葬儀屋が訪れた。和洋は昨夜、皆に説明した通りの段取りで進めてもらうよう相談した。葬儀屋はすでに手配済みらしく、明日午前十一時に斎場の予約はしてあるとの説明である。相変わらず手際が良いことだと思った。

和洋は見積額と支払いは斎場から引き上げた時点で済ませるので、請求と領収書を用意しておいてもらいたいと告げ、打ち合わせは終わった。さすが信金の支店長らしく、打ち合わせをリードし、手際がいい。洋平は改めて感心させられた。

夕刻、西の空が赤く染まり町の空気は澄んでいて、遠く山のほうで鹿の悲しい声がかすかに聞こえてくる。

里江が訪れた後、四、五十分して、加奈子も息を切らして入って来た。

「遅くなってしまったわね。ごめんなさい」

「お母さん、慌てることないのに。内うちのお通夜なんだから」

「そりゃあそうだけど。やはり気がせくじゃない。何かやることはないの」

すでに通夜の仕度は済んでいた。仕度と言っても、居間に洋三の部屋から机と椅子を持って来て、簡素な料理が並べられているだけである。

加奈子は隣の和室で房枝に向かって何か話しかけている。つい先日、柴又に来て、あれほど楽しく輝いていた房枝の姿が変わり果ててしまった。柴又に来たがっていたのは自分の最期を予感していたのではないだろうか。何とも穏やかな顔が余計に涙を誘った。加奈子は声に出して泣いた。

しばらくして、青山泰造と花江が、続いて向かいの奥さんと組長だという老人が来た。別れの焼香をした後に、居間でささやかな供養をしてもらった。向かいの奥さんと組長さんはひとしきりして退席し、残った青山の家族と洋三の先行きの話などに集中した。話の中心にいたのが泰造であった。

夜もふけて青山の家族が去り、居間は静まり返った。加奈子と洋美は食卓のかたづけに台所で忙しく動いている。洋平も手伝った。和洋は房枝に線香を絶やさないようにと隣の和室に行き、少しして戻って来たかと思えば、飲み直しするか、と言って台所の一升瓶をぶら提げて来た。

「さすが親子だ。爺ちゃんにそっくりだね」

洋平が冷やかして言ったが、和洋はそれにかまわない。

「母さん。お前もやらないか」

女房を引きずり込んだ。加奈子も嫌いなほうではない。

「そうね。……いただくとしようかしら」

親子だけの通夜は時間を忘れて更けていった。

翌日、午前九時過ぎに葬儀屋が来た。皆で焼香して棺の蓋が閉じられた。

十時四十分に斎場に着き、控え室に案内された。そこには青山泰造と里江が待っていた。予期せぬことで洋平たちは驚いた。

「どうしてもおばさんを見送りたくて来てしまいました。ごめんなさい」

泰造も深く頭を下げ、見送らせてください、と言った。

「とんでもない。こちらこそ気が付きませんで、申し訳ないことです」

和洋も恐縮して頭を下げた。

「電話くれればよかったのに」

「来るの迷ったんです。家族だけで火葬するという打ち合わせだったでしょう」

「気にすることはないですよ、里江さん。母も喜ぶでしょう」

間もなくして、準備が整いましたのでご案内します、と斎場の職員が呼びに来た。

火葬は僧侶の読経もなく、職員の説明の後、最後のお別れと献花をして、皆で焼香し、手を合わせた。加奈子と洋美が声を抑えて泣いていたが、他の者は静かに手を合わせている。

洋平は荼毘に付される祖母を見送る自分に、涙がないのが不思議に思った。房枝という祖母の肉体と人生がこの世から消えた。終わったのだ。しかし、七十六年を生きてきた証と心は残された者の中に生きる糧となるであろう。

祖父、洋三に言わせれば、人生いかに生きようとしたか、いかに生きたかだ。と、よく言っていた。祖母、房枝は尊厳をもって生き、死を選んだ人だったに違いないと、冷静に祖母の死に手を合わせている。

火葬も終わり、洋平が遺骨を抱えて、いったん洋三の家に帰宅した。里江は泰造を自宅におろしてから来ると言っていた。和室に遺骨を置き、それぞれが手を合わせた。焼香の道具はなかった。

「そうだなあ。焼香の道具を揃えないとならんかな。親父の遺言では仏事は必要ない。骨も散骨か樹木葬にでもしてくれと書いてあったが、おふくろの遺骨をどうするかな」

「樹木葬はどうかな。婆ちゃんは植木や花が好きだったから。それに爺ちゃんもいずれは訪ねることもできるし」

「そうねえ。柴又に帰ったら樹木葬のこと調べてみるわ。今、流行っているみたいね。私もそうしようかしら」

加奈子が横から言って、今、お茶を入れるわね、と居間へ立って行った。

間もなくして里江が手土産を持って訪れ、皆で茶をすすった。しばらく雑談して、和洋が切り出した。

「さて、そろそろ帰るとするか。向こうへ着く頃には日も暮れそうだからな」

「里江さん。洋平をよろしくね。お爺ちゃんのことでしばらくはこっちに残るようだから、何かと相談に乗ってくださいね」

「お母さん、心配ないわ。里江さんはしっかり者だから」

「そうね。……支度しましょうか」

「洋平、すまないがよろしく頼むぞ。……洋美、遺骨を抱いて来てくれ」

三人は玄関を出た。陽は西に傾いていたが、空は抜けるように青い。洋平と里江は斜陽を背に受けながら見送った。洋美に抱かれた遺骨が強い陽に白く光っていた。

（二）

洋平は館山のT署、刑事課の面会室に待たされていた。洋三の留置は事件後、四日がたっている。取り調べの入署時に着替えの下着類は持参したが、そのままであった。洋平は新たな着替えと差し入れの菓子を机の上に置いて待った。二十分も待っている。ドアが開いて川名という刑事が入って来た。

「やあ、待たせたね。ちょっと他に用件があったものだから。涌井さんかな、洋三さんのお孫さんの。遺体引取りの時に一度会っているよね。……川名だ」

「涌井洋平です。祖父がお世話になっています。今日はついでに着替えを持って来ました。それと、面会はできるでしょうか」

「今日、来てもらった訳を説明をするが、面会はだめだね。起訴前は弁護士でないと接見はできないことになっている。差し入れだけは預かっておこうか」

「そうなんですか。知りませんでした」

「さて、説明をするか。警察での調書が検察に送られ、特例の処置で地検の館山支部で取り調べ、立検がされた訳で、明日にでも起訴状が地裁に送られるだろう。地裁は千葉市だから被疑者も県警本部に移されることになる訳だが、二日後ぐらいになるかな」

「裁判は千葉市になるんですね。父親に伝え、相談します」

「親父さんはどうなのかね。息子任せという訳にはいかないと思うが。弁護士のこともあろうし」

「そうですね。父親には逐一、連絡と相談はしていますが、仕事の立場上、なかなか休めないので、私ができるだけフォローしなければと思っています。弁護士の件は急いで手配します」

「そうかね。若いのにご苦労だね。選任弁護士がどうしてもだめなら国選ということもあるがね。いずれにしても二日もすれば我われから離れることになる訳で、担当した刑事として気になっていたから来てもらった訳だ。余計なことなんだがね」

「ありがとうございます。何もわからないもので助かります」

「なぜか涌井さんは犯罪者という気がしなくてね。……ところで葬儀は済んだかね」

「はい。東京の家族も来まして、昨日、火葬して遺骨は持って帰りました」

「君だけがこっちに残ったという訳か。ご苦労だね」

「学生なので、もう少しこっちにいられるものですから」

「どこの大学かね」

「M大です。教育学部の今年四年です」

「ほお、M大かい。俺の息子もM大で、今は東京で所帯を持って子どももできた」

「それじゃあ、息子さんは大先輩ということですね。どちらにお住まいですか」

「確か、足立区の北千住だったかな。そう言えば暫く会っていないな。ところで君の家族は柴又だったかな。住むにはいいところじゃないか」

「ありがとうございます。……話は変わりますが、起訴された後はどうなるのでしょうか」

「そうだね。警察の人間がうかつなことは言えないが、起訴後に仮釈放になる場合もあるが、すぐにでも裁判になるだろうから、それはないな。それと裁判員裁判はないと思うから、初公判から結審、判決まで二か月から三か月ぐらいかな。個人的な見方だがね」

「すぐにでも初公判があって、二回目には結審ということもある訳ですね。刑罰はどうなんでしょうか」

「それはわからん。嘱託殺人は刑法二百二条、七年以下の懲役または禁固となっている。執行猶予が付くかどうかだ。これ以上は言えないな」

「わかりました。ありがとうございます」

「今日のところはこれで帰りなさい。もう会うこともないと思うが。……着替えと差し入れは預かっておこうか」

洋平は、よろしくお願いします、と頭を下げ面会室を出た。

外は初夏を思わせる強い陽射しではあるが、風は爽やかで町の家並を抜けて行った。

――帰りがけに青山宅に寄ろう。

明日にでも起訴されるのであれば弁護士の件は急ぐ必要がある。

青山宅には泰造が一人でいた。二階のアトリエでキャンパスに向かっていて、上がって来るようにと怒鳴った。

「お邪魔します」

洋平は勝手知ったというように階段を上がって、葬儀でのお礼を告げた。

「今日は何だい。俺に用かい」

「はい。実は今、警察から呼び出されて、担当だった刑事さんから説明がありまして、明日にでも検察は起訴するだろうと言っていました。それで弁護士はどうなんだと言われまして」

「起訴か、早いな。警察も暇らしいな。結構なことだ。それに事件としては何の問題もないからな」

「青山さんが先日、言っていた弁護士さんの件、どうなんでしょうか」

「そうだなあ。年金組合の集団訴訟の時に、確か名刺をもらったと思ったが、ちょっと待ってくれ」

泰造は机の引き出しから名詞の束を出してきて、その中から二、三枚の名詞を取り出した。その一枚には千葉G法律事務所、弁護士、坂本秀夫とあった。所在地は千葉市内である。

「この坂本という弁護士は弁護団の中心で、刑事訴訟も扱ったことがあると言っていたベテラン弁護士だ」

「そうですか。親父にも相談しますが、頼んでもらえませんか」

「ことは急げだ。早速、電話してみるか。今、何時だ」

時間は十一時半を回っていた。結局、坂本弁護士は東京に出張で今日は帰りが遅くなるらしく、明朝九時過ぎに電話してくれとのことであった。

「と、言うことだ。明朝、電話しておくから親父さんに相談しておいたほうがいいよ。ところで、何もないが飯でも食べていかないか」

「ありがとうございます。甘えさせていただきます」

「それじゃあ、絵は止めだ。下に降りるとするか」

雑談をしながら昼食を済ませ、青山宅を後にした。陽はまだ高かった。

――少し疲れた。帰ったら昼寝でもするか。

洋平は確かに疲労していた。祖父母の事件以来、休む暇もなかった。肉体的にもそうだが、精神的疲労のほうが大きい。

祖父母の悲劇は一生忘れることはないだろう。のほほんと学生生活を過ごしてきた洋平にとって、祖父母との交流と青山里江やその家族、鋸南町との新たな出会いは大きな変化をもたらした。そして、祖母の病気が今度の事件をもたらしてしまった。あの病気さえなければ生きがいのある老後を送っていたはずなのに。運命の仕業なのだろうか。

洋平はこの悲劇によって絶望感を味わったが、一方で死生観や社会との関わり、生きることの難しさについて心を揺さぶられることになった。それにしても辛い事件である。いや、まだこれから祖父の苦しい人生が始まることを思うと、心が痛んだ。

――俺ががんばって爺ちゃんを守ってやる。

洋平は心の奥で自分に誓った。いつしか寝息を立てて大の字に寝てしまった。

次の日の午前十時前に青山泰造から電話が入った。

「洋平君か。今日の午後空いてるかい。弁護士が今日か明日にでも来てもらえれば会うと言っている。明日は俺が都合が悪いので、急だが午後に行くと決めてしまった。勝手で悪いが大丈夫かい」

「もちろん行きます。ありがとうございます。高速バスで行きましょう。私が迎えに行きますから待っててください」

「向こうには午後二時ごろと言ってあるから、十二時三十五分発のバスに乗るとしよう。すまんが寄ってくれるか」

「はい、わかりました。十五分頃には寄りますので」

千葉中央駅のバス停から歩いて十分のビル二階に千葉G法律事務所があった。坂本弁護士は事務所の一室で待っていた。六十も近い白髪交じりの、しかし、がっしりとした体つきの初老に見えた。

「はじめまして、坂本です。どうぞ座ってください」

と、名刺を差し出した。

「私は電話でも言いましたが、年金組合の集団訴訟の時に名刺はもらっていますから。覚えてはいないでしょうけど。青山です」

「そうでしたね。失礼しました。こちらの青年が、電話で言っていた事件当事者のお孫さんですね」

「涌井洋平と言います。本来であれば父親が来るべきなんでしょうが、休みが取れなくて、私ではまずいでしょうか。まだ学生なもので」

「かまいませんよ。ただ、書類上は選任者はお父さんでないとまずいでしょうな。相談されましたか」

「ええ、当然しました。話が決まれば、すぐにでも署名をもらってきますが」

「決まればお願いします。ところで、事件の概要をお話し願いますか。お受けすることになれば自白調書や起訴状も詳しく調べることになりますし、被告人の洋三さんからも聞くことになりますが」

「はい、私から話します」

洋平は祖母の病気が急激に悪化して、祖父が介護を尽くしたが事件に至ってしまったこと、祖母の人間性や死を懇願した内心、祖父の祖母に対する愛情がいかに強かったかなどの内面までも話した。

「洋三さんは見かけは横柄で頑固だが、ほんとうはやさしい人間なんだ。俺と同じでね」

「よくわかりました。私どもはお受けすることに問題はありませんが、いかがしますか」

「お願いします。父親とも相談しましたので」

「ところで、聞きづらいのだが、弁護料はいくらぐらいかかるものですかな」

泰造は洋平が聞きづらいと察して聞いた。

「そうですね。今の段階で断定はできませんが、内容から言って短期で結審となるでしょうから、報酬規定でおおざっぱですが、二、三十万というところでしょうか。算定書を出しましょうか」

「おおよそがわかれば結構ですので、契約お願いします」

「それでは選任受理の書類をお渡ししますので、お父さんの署名捺印をもらって来てください。申し訳ありませんが、その時に着手金十五万円もお願いできますか」

「わかりました。よろしくお願いします」

「あなたの携帯番号を聞かせてください。書類が整い次第、裁判所に調書などの請求や被告人との接見をしなくてはなりませんので、急ぐ必要があります。千葉県警に移送されるのは明日の予定だと言いましたね。数日後には本人に接見したいと思いますが、あなたも同席しますか。希望するのであれば携帯に電話を入れましょう」

「ぜひ、同行願います。事件後一度も会っていませんので」

しばらく雑談の後、洋平たちは事務所を出た。泰造が市内は久し振りだからと、お茶でも飲んで行こうと言って官庁街の一角にある洒落た喫茶店に入った。洋平は里江と会った時に駅付近には来たが、官庁街は初めてである。


洋平は弁護士、坂本秀夫について県警本部接見室への廊下をゆっくりと歩いていた。検察の接見許可が出たのだ。薄暗い湿った空気が身体にまとわり付いて違和感を感じた。看守が接見室のドアを開き、中に引き入れ、壁に立てかけてあったスチールの折りたたみ椅子に腰をおろして待った。

硬化プラスチック製の仕切り板の向うが被疑者用の部屋で、奥にドアがある。二、三分待ったであろうか、ドアが開き看守と共に洋三が入って来た。椅子に座らされ、看守が接見時間は二十分です、と告げて奥のドアを出て行った。

洋三は終始うつむいて洋平たちを見ようとはしなかった。

「涌井洋三さんですね。私は弁護士の坂本秀夫と申します。こちらにはお孫さんの洋平さんも同席願いました。時間が余りないので早速ですが……」

それまでうつむいていた洋三が、姿勢を正して洋平を見据えた。眼は驚くほどに澄んでいた。

「洋平か。お前たちには大変な迷惑をかけてしまった。女房の始末はしてくれたかね。俺のことは心配するな」

「迷惑だなんて。婆ちゃんは火葬して柴又の家にあります。皆も心配しています」

「ところで、涌井さん。ご家族の依頼により、このたび、あなたを弁護することになりました。これから裁判となりますがよろしくお願いします」

「あなたの顔は覚えていますよ。あなたは当然、記憶にないだろうけど。ところで、私を弁護すると言ったが、その必要はありません。調書を読んだでしょう。私は全面的に罪を認めているし、自分を弁解したり、保身など一切ありませんから」

「困りましたね。そう正面からバッサリやられると話が前に進みません。今、言われたことはわかりました。しかし、法廷での弁護活動は罪を軽減してもらうことだけではありません。法の下での被告人の人権や尊厳をいかに守るかということもあるんですよ。それと、選任弁護士がいなければ国選弁護士が付けられます。いずれにしても、裁判では弁護人が付くという法制度なんですね。おわかりいただけましたか」

「わかりました。仕方がありません。ただ、私はそういうつもりで裁判に臨みますので。……一つだけ検察の供述書に介護放棄したとあるのは、どうしても納得できないところです」

「そうですか。尊厳の至守ということですね。ところで、涌井さん、あなたは全面的に罪を認めていると言ったが、嘱託殺人は七年以下の懲役または禁固となっています。例えばの話、刑期は五年と三年とどっちを望みますか。ごめんなさい。答えなくとも結構です。言いたいことはどんなに罪の意識を持ち、弁解の余地はないと言っても、自ら五年を望む人はいないということです。ですから、弁護士の理性に従ってあなたを守るということです。わかっていただけますか」

「わかりました。少し考えを改めます。私は妻に対してのみ罪の深さを考えていて、法の下での罪ということを無視してきたようだ。ただ、いずれにしても保身はない」

「爺ちゃん。あまり自分を責めないほうがいいよ。婆ちゃんだってわかっていたはずだよ。守ってやれなかったというのは本当に婆ちゃんを理解していたからだし、愛情があった証だと思うよ。介護放棄だなんて考えられないよ」

「お孫さんの言う通りですよ。裁判の争点も介護放棄したかどうか、後追い自殺しようとした事実や内心の真実を立証するということでしょう。ですから、真実を立証することで結果的に罪の軽減と言うことになれば納得できると思いますが、いかがですか」

「……」

「爺ちゃんの思いは皆よくわかっているし、生きて欲しいと思っている。あとは爺ちゃん自身が生きる覚悟を決めることだよ」

「わかったようなことを言うな」

「そういう言葉が出てくるようなら安心です」

「……」

「内心の真実を立証するということは難しいことです。あなたの日頃の生き方や考えを周囲の人の証言が決めるでしょう。……近いうちに初公判があり、たぶん二回目で結審という運びになるでしょう。また来るかもしれませんが、もう時間がきましたので、何か言っておくことはありませんか」

「特にありません」

洋三の後ろのドアが開き、看守が時間です、と告げた。

洋三は立ち上がりドアに向かったが、振り向いて、

「洋平。すまないが、今度、来る時に筆記具の差し入れを頼む。大学ノートかな」

「はい。わかりました」

洋平は洋三の背中を見送った。肩幅の広い背筋の通った背中と毅然とした歩き方は、以前の洋三に戻っているように見えた。少し安心もした。

二人は県警本部の庁舎を出て、弁護士事務所に向かって歩いた。

「涌井君。さっきも言ったが、この裁判は本人も認めているように簡明で、後は裁量の問題なのだが、私が問題にしようとしているのは事件に及んだ過程で、洋三夫婦の人としての愛情と尊厳が生死を越えるものであったか。それと、彼の内心の真実が立証されることだと思う。言い換えれば、彼等の愛情と尊厳の下に事件に至ったということで、嘱託が単純なものではない。ましてや介護放棄など論外だということだね」

「よくわかります。納得です」

「そこで、身内以外の人で証言に立ってもらえる人はいないかね」

「そうですね、第三者で。……います。祖父の首吊りを止めた青山里江さんという人です。弁護をお願いに来た青山泰造さんのお孫さんですが、どうでしょうか。彼女はしっかりした人です」

「いいですね。頼んでみましょう」

「証言台に立ってくれと言ったら驚くだろうな」

薄曇りの官庁街を十分ほどで弁護士事務所に着き、出されたコーヒーを飲みながら初公判に向けた話を坂本弁護士から聞かされた。証人喚問は第二回の証拠調べで行なわれる。問題がなければそれで結審となるようだ。少し雑談をした後、洋平は事務所を出て高速バスで帰路についた。車内は空いていたが市内のバス停に止まるごとに乗客が増え、高速道路に入る頃には七割方の乗客となっていた。洋平は祖父のことを考えていたが、うとうとと寝てしまった。


洋平は葛飾柴又の自宅にいた。明日からは大学四年の新学期である。祖父との接見の翌日に祖父の自宅を整理し、里江に会ってから、その足で東京に戻って来たのであった。

その日、自室にいた洋平のスマホが鳴った。坂本弁護士からで、初公判が四月二十五日に決まったということである。そして、洋平だけでなく、家族の傍聴があったほうが良いと告げてきた。そのことは洋平も考えていたことで、今夜にでも家族に話してみようと思った。

祖父母の事件があったのは昨年の春、長逗留をしてからちょうど一年である。あっという間の一年であったが、積み木を重ねるようにいろいろなことがあったたし、体験もした。しかし、今度の事件は積木崩しで一気に崩れてしまったように思えてならない。運命とでもいうのだろうか。祖父は言った。病気には勝てなかったし、無力を実感したと。一方で、人には生死を越えた尊厳があり、人間愛もあると。

今の自分には死生観とか人生観や尊厳など、人の内心に深く考えを巡らすことなどできはしないが、今度の事件は祖父母の人としての根源的部分があるような気がしてならない。祖父がよく言っていた。人はいかに生きようとしたか、いかに生きたかだ、と。それはまさに、今の自分に突きつけられた宿題なのだろう。

洋平はふと我に返って時計を見た。午前十一時を少し回ったところである。両親は無論のこと妹も授業に出ている。昼食は冷蔵庫の残り物か、近所のラーメン屋にでもと思った。

——ともかく、外の空気でも吸うか。

洋平はぶつぶつと独り言を言いながら玄関を出た。

江戸川の堤に上がり、斜面の草むらに腰をおろした。五月ではないが、五月晴れというほどに雲一つない澄み切った青空が広がり、新緑の河川敷はむせ返るほどである。平日だというのに家族連れや若者たち、中には観光客と思われる少人数の集団がいたりで、結構賑わっている。天気のせいもあるのだろう。

洋平はあお向けに転がり、青空に向かって大きく欠伸をした。明日から授業が始まる。祖父のこともあるが、学生である自分が今やるべきことは学業であり、それも、あと一年である。教師資格も取得しなければならないし、卒論もある。同人誌のことや彼女のことも気になる。

――まあ、やるだけのことだ。

洋平は声に出すほどに呟き、また大欠伸を一つした。

近くで小さな子どもたちが歓声を上げながら斜面を転がっている。帰りがけに帝釈天門前の裏通りにあるラーメン屋に寄った。久し振りのラーメンに汗をかいた。

（三）

四月二十五日、午前十時。千葉地裁二号法廷。

「起立」

廷使の声が法廷内に響いた。裁判官席に入廷した判事三名が立ち並び、廷内の全員が起立し、一礼した。全員と言っても判事三名と廷使数名、左右に検察官と弁護人。そして、被告席には戒護官に挟まれた涌井洋三が背筋を伸ばし、少し目を伏せて座り毅然としている。傍聴席には腕章をした記者らしい男が二人と、T署の川名刑事がいる。後は洋平の家族四人と青山泰造、里江たちで一般の傍聴者はいない。

洋平は少し離れた後方の席にいる川名刑事に一礼した。職務として来ているのか、それとも個人的な気がかりで傍聴に来たのかはわからないが、人間臭さのある刑事だと洋平は思っていた。

「開廷します。……被告人、前に」

裁判長の低いが通る声で開廷を告げた。洋三は緊張気味に背筋を伸ばし、しっかりとした足取りで証言台に進み出た。その眼差しは裁判長を直視している。

裁判長の人定質問が始まり、型どおりに終わった。次に裁判長は検察官に起訴状を読み上げるように促した。

「公訴事実。被告人は平成二十七年三月二十七日午前十一時半頃、千葉県安房郡鋸南町竜島の被告人宅において、認知症が進行していた妻、房枝を扼殺にて嘱託殺人を犯したものである。妻、房枝が認知症の症状が現れてから半年余りであり、進行が急性であったとしても介護の余地はあり、介護放棄があったことが疑われる……」

坂本弁護士が言ったとおり、介護放棄があったとする検察の主張が争点となりそうである。

「以上につき、罪名及び罪条は刑法第二百二条、嘱託殺人。ご審理願います」

検察官は断定的に言い切って着席した。裁判長は洋三に顔を向け、黙秘権を告げた後に罪状認否に入った。

「被告人。以上、検察官が読み上げた起訴状に対して意見はありますか。公訴事実に間違えはありませんか」

「間違いありません。ただ一つだけ申し上げます。起訴状の中で私が妻の介護を放棄したとありましたが、放棄した覚えはありません。確かに私の無力を反省していますが、医療にしても介護にしても、私なりに尽くしたつもりです。妻もそれはわかっていた上で、壊れていく自分が自分でなくなることに、死を越えた尊厳を私に託したのだと思います。断じて介護放棄ではありません。しかし、殺してしまったことは事実であり、厳格な法の裁きを願うものです」

法廷内にざわめきが起きた。被告人が毅然として自分の罪を認めながら、検察官に向かって反論を言うことなどそうあるものではない。洋平は家族の顔を見てから裁判官の顔を見た。

——さすがに爺ちゃんだ。

洋平は心の奥で呟いた。次に坂本弁護士の顔を見て、反論を期待した。

裁判長が弁護人席に向かって聞いた。

「弁護人の意見はありますか」

坂本弁護士はその場で立ち上がって、裁判長を正視した。

「被告人が申した通り、公訴事実は本人が認めているところでありますが、この公判は被告人も反論した通り介護放棄があったのか、内心の真実を問うものだと思われます。その点では検察の主張はまったく立証にもとずくものではなく、また、警察の調書においても介護放棄の一言もありません。公訴事実について疑問を抱くものです。以上であります」

裁判長は大きく頷いてから洋三を被告人席に戻るよう促し、検察官に告げた。

「これより証拠調べを行ないます。検察官、冒頭陳述と証拠請求を願います」

検察官は大きく咳払いをして綴りを読み始めた。

「検察が証拠を許に証明しようとする事実は以下の通りです……」

被告人の身の上、経歴から家族構成など型通りの報告の後、犯行に至るまでの房枝の病状や経過、犯行状況などが長ながと読み上げられて、法廷内は静まり返っている。

「犯行状況は公訴事実の通りであります。また、被告人は犯行後に後追い自殺を決意し、妻の遺体を寝かせてから東京の家族に手紙を投函し、首吊り自殺に及んだが、町内居住の青山里江に発見され阻止されたため、自首するに至ったことを追認いたします」

検察官による冒頭陳述が行なわれ、それを受けて裁判長は弁護人の意見を求めた。

「大筋で同意しますが、先に述べたとおり、介護放棄の問題は検察官の憶測によるものであり、証拠調べの中で立証したいと思います。場合により担当警察官ともう一人の証言を考えております」

「弁護人の意見については、証拠調べの中で順次採用しますので承知ください。同意しますね」

「同意します」

証拠調べは型通り淡たんと進んでいった。時刻は午前十一時四十分を指している。裁判長は両側の判事と一言話しあって、次回公判期日を五月十三日と決定して閉廷を宣言した。

閉廷後、検察官と弁護人が裁判官室の隣の部屋に呼ばれた。次回公判の進行について話し合うためである。裁判長が口火を切った。

「お疲れ様です。次回公判では双方からの証人はどうでしょうか。先ほど弁護人からは証人喚問を予定されましたが、二人ですか、それとも……」

「たぶん一人になると思います。警察はうんと言わないでしょう」

「検察側はどうですか」

「ありません」

「そうですか。どうでしょう、次回公判で検察側としては論告求刑となりますか」

「いけるでしょう」

「弁護人は問題がなければ最終弁論は可能ですか。どうでしょう」

「大丈夫です。……検察側次第ですが」

「それでは、次回公判で結審ということで進めたいと思いますのでよろしくお願いいたします。ご苦労様でした」


十二時五分前である。洋平たち家族と泰造、里江はロビーで坂本弁護士を待った。

洋平は無論のこと、全員裁判を傍聴することなど初めてのことであり、それも被告人関係者としてである。皆、少なからず興奮気味である。そこに坂本弁護士が足早にやって来た。

「皆さんご苦労様でした。どうでしたか、裁判など初めてでしょう。少し話がありますので時間いただけますか。……そこに座りましょう」

近くのテーブルのあるソファーに座り、皆も続いた。

「ご承知のように、次回公判が五月十三日に決まりました。時間は追って連絡がありますけど、たぶん今日と同時刻でしょう。次回もできれば皆さんに傍聴していただきたいのですが」

「わかりました。当然のことです」

和洋が答え、皆が頷きあった。

「ところで、皆さんもおわかりのように、この裁判の争点は洋三さんが介護放棄をした上での犯行だったのかです。嘱託であったことは検察も認めている訳ですから、介護放棄などなかったということと、洋三さんもきっぱりと言ったように尊厳とか愛情という内面の真実を立証することが大事だと思います」

「その通りだ」

泰造が意気込んで言った。坂本弁護士が続けた。

「そこでお願いがあります。私も法廷で言いましたが、次回には証人を立てたいと思っています。身内の方はだめでして、私がふさわしいと思っているのは洋三さんの自殺を阻止し、洋三夫妻のことをよく理解をしている里江さんにお願いしたいのですが、どうでしょうか。急な話で申し訳ないが」

「ええ！　びっくりさせないでくださいよ」

「里江さん、申し訳ない。坂本先生に証人のことを聞かれて、それとなく君のこと伝えたんだ」

「何でもっと事前に言ってくれないんですか。心の準備というものがあります」

「ごめん。坂本先生が、自分のほうから伝えると言うものだから。そうですよね、先生」

「そうです。こういうことは弁護士のほうからお願いするのが道理ですから。心配いりません。私がうまく誘導しますから」

「里江さん、がんばって。私たちも付いているから大丈夫よ。里江さんならできるわ」

隣で洋美が声をかけ、泰造も煽るように言った。

「そうだよ、里江。いい経験になるぞ」

「簡単に言わないで。今からどきどきするわ」

「次回の直前に打ち合わせをしたいと思いますが、正直に思っていることを言えばいいんです。洋三さんは自分の罪に弁護は必要ない、保身などないと言っていましたが、真実の裁きの結果が罪の軽減になれば、それに越したことはありませんから。その点でそれを立証することは重要なのです。里江さんわかっていただけましたか」

「わかりました。おじさんと、それにおばさんのためですから覚悟を決めました。……今晩、眠れないわ」

「ありがとう」

洋平はほっとして溜息をついた。

尊厳のために自ら死を望んだ祖母のためにも証言に立つのだ、という意志が感じられた。その後、弁護士から次回公判の説明があり、その場で解散となった。洋平たちは駅の近くのレストランで昼食を済ませ、泰造と里江を館山行きの高速バスの停留所に見送ってからＪＲ千葉駅に向かった。


鉄格子の小さな窓から薄陽が差して床の一角を照らしている。この狭い留置場に押し込められてから二十日近くになる。次回公判は五月十三日と決まったが、日時の感覚が薄れ、日日が流れていくことに未だ馴れずにいた。

洋三は壁際に置かれている小さなテーブルを前に座っていた。テーブルには洋平が差し入れてくれた大学ノートが置かれ、表紙には大きく「残日録」と書かれている。残された日日の生き様を記録しようという意味なのか、それとも生かされてしまったこれからの人生をどう生きるのか。表題を見つめ、そして壁の一点を暫らく見つめていた。いずれにしても前に向かって行こうとする意志が目に現れている。妻を殺してしまったという、深い後悔による打ちひしがれていた表情は今はなくなっていた。

ただ、ノートの中は白紙のままである。悲劇というしかない妻の病気と、死を言語にすることのためらいが洋三の中にはあるのだろう。しかし、そのことを書き留めなければ先には進まないし、房枝との苦楽を共にしてきた半生を振り返る必要がある。

実刑か執行猶予が付くにしても、生きるからには房枝と生きてきた証と生死の問題を深く考え、どう生きようとするのかを書き留めておく必要があるだろう。息子夫婦や孫たちの記憶として残れば良しとしよう。洋三はノートの表紙をめくり、鉛筆を手に取った。

外は雨に変わっていた。

五月十三日午前十時。第二回公判が開廷した。法廷内の人数は初公判とほぼ同じであるが、川名刑事の姿だけは傍聴席になかった。洋平の家族四人と青山泰造と里江は傍聴席前列に陣取っている。

今日は証人喚問が予定されていて、里江は緊張気味に座っている。被告席の洋三は背筋を伸ばし、毅然としている。

裁判長は開廷を告げ、弁護人席に顔を向けて、

「これより弁護人の請求により、証人喚問を行ないます。弁護人、よろしいですか」

「お願いします」

裁判長は傍聴席のほうを眺めた。

「それでは、証人は前に」

緊張気味の里江が廷使に導かれて証言台に立った。裁判長が氏名を確認し、宣誓書の朗読を促した。

「正直に答えてください。偽証すると罪に問われることがあります。……それでは弁護人どうぞ」

坂本弁護士が立ち上がり、少し間を置いた。

「まずは確認のために二、三質問します。あなたの氏名と住所、被告人との関係を聞かせてください」

「青山里江と言います。涌井洋三さんとは同じ町内の下佐久間に住んでいます。私の祖父の泰造とは絵画の仲間で親しくしており、洋三さんとは何度か挨拶ぐらいは交わしておりましたが、一年前に涌井さんのお孫さんが訪ねて来られた時に知り合う機会があり、涌井宅に私も時どき出入りするようになりました」

「被告人家族との交際の中で、被告人及び、ここでは被害者と呼ばなくてはなりませんが、妻、房枝の人となりを話してください」

「はい。……洋三さんは私の祖父に似たところがあり、表向きは頑固で横柄なところがあります

が、とても正義感が強く、やさしい心を持った人です。死んだ房枝さんは明るい人でした。芯が強くプライドの高い人だと思います。長く絵本作家として活躍していたと聞いています。私は二人とも好きでした」

「わかりました。では次に、あなたのわかる範囲で結構ですが、この事件に至った経緯とあなたの関わりについて聞かせてください」

　里江は房枝の病気が急速に進んでしまったこと。洋三が戸惑いながらも的確に医療や介護の処置をしようとしてたことなど、洋三の献身的な思いやりや愛情が周りから見ていても感心したほどであったと、丁寧にはっきりと語った。それは坂本弁護士も驚くほどの弁論であった。

「よくわかりました。それでは、あなたが被告人の自殺を止めた時の様子を話してください」

「参考人調べでも詳しく述べましたが、その日は二日前に涌井さんから頼まれていた買い物を届けに行き、偶然に事件に出会ったのです。玄関で呼び鈴を鳴らしたのですが返事がなく、庭のほうに回り、カーテンの隙間から洋三さんが首を吊ろうとしているのを見て、頭が真っ白になりましたが、とっさに鍵のかかったガラス戸を割って中に入り、必死に抱きつきました。首を吊る寸前でした。洋三さんは暫らくして自死を諦め、自首すると言い警察に通報したのです。亡くなられた房枝さんの遺体は布団にきちっと寝かされていて、思いやりが見て取れました」

「それでは最後の質問です。被告人は妻の介護を放棄したと思われますか」

「とんでもありません。先ほども言いましたが、それは献身的で房枝さんに寄り添っていたと思います。ただ、あまりにも速く病気が進行してしまったので、周りからは見えづらかったことはあったのかもしれません。房枝さんの性格から、壊れていく自分が自分であるうちに死にたいと強く思ったのだと思います。洋三さんもそれがよくわかっていたので、不憫でならなかったのではないでしょうか。ですから、介護放棄などとんでもありません」

「以上で終わります」

坂本弁護士は裁判長に向かって小さく一礼した。

「検察官は何かありますか」

「特にありません」

検察官も里江の弁論に圧倒されたのであろうか、一言もなかった。

「証人は退席してください。それでは次に被告人質問に入ります。被告人は前に」

洋三は目を潤ませ、口をへの字に結んでいる。里江の発言が胸に応えたのであろう。

「弁護人。質問をどうぞ」

「あなたへの質問は最後になります。公判を通じて今の気持ちを聞かせてください」

「気持ちは今も変わりません。厳格な法の裁きを願うものです」

「被告人は今も妻に手をかけてしまったことを悔やんでいるということですね。しかし、妻が死にたいと懇願したことをどう思いましたか」

「妻の性格はよくわかっていたし、壊れていく妻が哀れで不憫でならなかったからです。ただ、そうなってしまったことに私の力不足を後悔しています」

「最後になりますが。介護にもいろいろありますが、あなたの介護についての考えを聞かせてください」

「介護の内容が客観的にどうなのかということなど私にはわかりません。しかし、力不足であったかもしれないが、私なりには尽くしたつもりです。私自身が証明することはできませんが、介護放棄は断じてありません」

「わかりました。以上で被告人質問を終わります」

「それでは検察官、お願いします」

「では一つだけ質問します。被告人自身も弁護人、証人も介護放棄はなかったと言いますが、妻を生かすことは考えなかったのですか」

「無論、懇願されるまでは考えていました。医療も尽くし、介護施設は拒絶され、これ以上良くなる見込みがないと判断して、後は最後まで妻に寄り添っていこうと思いましたが、妻の性格が許さなかったのです。あまりにも真剣な懇願だったので不憫に思い、とっさにやってしまいました。後悔しています」

「あなたは本当に後追い自殺をしようとしたんですか」

「何が言いたいのですか。調書でも証人の発言にもあった通りです」

「以上で終わります」

裁判長は大きく咳払いを一つしてから正面に向かって発言した。

「検察官、弁護人とも他に立証がなければ証拠調べを終了します。検察官から論告を願います」

検察官の論告は冒頭陳述とほぼ変わりなく長ながと読み上げた。

「求刑。事件に至る事情などを考慮しても妻を殺害した事実は重大であり、法条の適用の上、被告人を懲役三年に処するのが相当であり、求刑とします」

執行猶予なしの求刑である。廷内は一瞬ざわめきが起こった。

「弁護人どうぞ」

「最終弁論を述べます。まず、公訴事実につきましてはほぼ認めますが、被告人の介護放棄の記述につきましては事実の立証がされないままであり、検察側の憶測にもとずくもので客観性がなく、納得できるものではありません……」

弁論はもう少し続き、最終弁論は終わった。

裁判長は以上で結審とすることを告げ、判決日時を確認して閉廷を宣言した。

裁判所がある官庁街は相変わらず五月雨に煙っていた。スーツ姿の人影はまばらで、足早に歩道を行き交っている。それぞれの生活を背負って。

（四）

判決から二か月が過ぎ、夏も盛りである。

西に傾いたとはいえ、強い陽射しの砂浜に洋平と里江は腰をおろしていた。陽射しは強いが、海を渡って来る風は焼けた肌に一瞬の涼を与えてくれる。対岸の三浦半島やその向こうの伊豆はわずかに墨を引いたようで、大島も富士の山もまるで霞んでいた。二人はその海を無言で眺めている。

洋三に対する判決は懲役一年の実刑で執行猶予は付かなかった。求刑は執行猶予なしの懲役三年であったから減刑ではあったが、実刑となったことは洋平たちにとって重いものと受け止められた。実刑ともなれば出所後の洋三の生き方にも風当たりはあるだろう。頑強な意思を持った洋三とて、その風に向かって歩き続けるのは容易ではない。

一方、洋平の家族にどのような影響が出てくるだろうか。祖父母の事件が新聞に載ったのは幸い地方紙のみで、それも社会面の片隅であるから東京までには流れていく可能性は低いが、ゼロという訳ではない。問題は洋三を孤立させないことであろう。

洋平は海の向こうの遠い空を眺めながら、呟くように里江の顔を見ながら言った。

「里江さん。来年の春には卒業だけど、教師資格を取って、この地域の学校に赴任できたらと思うんだけど」

「それはいい案ね。こっちのほうに採用枠があるかどうかが問題だけど」

「嫌なこと言うなよ。……訳は三つあるんだ。一つは田舎暮らしも悪くないし、二つ目は爺ちゃんを孤立させないため。三つ目は、……君のことだ。まだ先の話だけど、将来は一緒に暮らせたらいいなと思ってさ」

「プロポーズってこと」

「いやあ、先走った言いかたしたけど、……僕の勝手な願望だよ」

「いいわよ、今だって。……冗談よ」

里江はくすっと笑って、砂浜の小石を波際に投げた。

「話は変わるけど、暫らくしたら爺ちゃんの面会に行こうと思っているんだけど、付き合ってくれるかな」

「いいわよ、都合が合えば。どうしているかしら」

「心配ないと思うよ。警察で面会した時も、わかったような口を利くなと怒られたし、裁判でも毅然としていた。もうとっくに彼の中では立ち直っているんじゃないかな」

「そうだといいわね。裁判での検察に対しての反論はすごかったわ」

「君の弁論も大したものだと思うよ。みんな感心していたもの、恐れ入ったよ」

「ほんとうは足ががたがた震えていたのよ。もう二度とやりたくないわ」

「二度とあっちゃ困るけどね」

「それもそうね」

砂浜では子どもたちが犬と戯れてはしゃいでいる。陽はだいぶ西に傾き、暑さも峠を越えたようだ。

「少し歩こうか」

「うちで夕食してから帰ったらどう。どうせ途中で食事することになるんでしょう」

「そうだなあ、甘えちゃおうかな」

洋平は電車で来ていて、日帰りの予定である。明日は授業があるからだ。

二人は西日を右に受けながら里江の家に向かって歩いた。立ち木の中からは蝉の声がやまない。

暮れも押し詰まっていた。この冬は例年になく年の内から寒い日が続いた。東日本に寒波が居座っているからだ。その日も晴れてはいたが、寒風が肌に刺すようであった。

洋平と里江は千葉G刑務所の前に立っていた。洋平が訪ねるのは二度目である。その間に父、和洋が一度訪ねている。

刑務所正門脇の通用口の受け付けで面会の申請書に記入し、差し入れ物や携帯品の検査がなされ中に通された。看守の誘導で一階舎房の面会室に入った。警察留置場の接見室よりは広いが、硬化プラスチックの仕切り板は同じで、その向こうが受刑者の接見室になっている。

三分ばかり待ったであろうか、奥のドアが開いて刑務官が先に、後から洋三が舎房衣という服装で入室した。刑務官はドアの横に座っている。

「元気そうですね。変わりありませんか」

「見ての通りだ」

「生活には慣れましたか」

里江が身を乗り出して声をかけた。洋三はあと半年もすれば八十歳になるとは思えないほどに肌の色艶が良く、目も澄んでいた。

「里恵さんにまで来てもらって、迷惑をかけてすまないね。心配などしなくていい。……泰造さんたちは元気にしてるかね」

「はい、元気にしています。毎日の作業はきつくないですか」

「最初のうちはな。毎日、同じことの繰り返しだから健康そのものだ。これで酒でもあれば言うことないが」

「そこは辛いところですね」

洋平は釣られて言ってしまった。事件前の会話である。

「ところでその後、俺のことで柴又の家族に迷惑がかかっているようなことはないか」

「特にありません。皆、元気にやってます」

「そうか。そう言えば来春には卒業だな、進路は決まったか」

「どこにというのはまだですが、教師になることは確かです。できれば南房総に赴任できればと望んでいますが、どうですかね」

「そうなればいいなあ。里江さんも同時に卒業だね。教師と看護師か、いいね」

「そう先走らないでください」

横柄な言葉遣いこそないが、以前の洋三に戻っていた。彼の中では裁判や刑に服すという法的な償いを重ねる中で、事件や祖母との整理がついたのだろうと洋平は思った。

服役して七か月、五か月後には出所となる。事件後は世間から隔離されてきたが、出所してからが世間の風当たりを実感することになり、孤立した辛い生活が始まるのではないか。洋平の心配はそこにあった。

しかし、一方で目の前に毅然として、冗談まで口にする洋三はすでに心の整理ができており、前に向かっているような気がする。洋平の心の中は複雑であった。

「もうそろそろ時間だが、そのうちに差し入れを頼みたいのだが、差し入れてもらえんかな。次のノートが欲しいんだ」

「大丈夫です。今日の差し入れの中に入れてあります。直感したんですよ」

「大した直感だな。ありがとうよ」

少しして、刑務官が時間ですと告げ、洋三に退席を促した。二人は深く頭を下げ、洋三の後ろ姿を見送ってから看守に付いて面会室を後にした。

外は晴れてはいるが風はさらに強くなっていた。木枯らし一番というものかもしれない。


洋三は三畳ほどの独居房に戻されていた。入所時は新人独房に入れられ、新入教育を受けさせられた。すべて命令で動かされて疑問を持つ余裕もなく、当初は反発も感じたが、素直に従うしかなかった。何しろ初めてのことばかりであったが、木工作業をしている時と独房で静かにテーブルのノートに向き合っている時間が救いであった。特に木工は好きであったので夢中になり、時間が過ぎるのが速かった。

ノートには房枝や家族のこと、事件や老いのことなどを書き留めてきた。考えが詰まった時などは小さい鉄格子の窓から見える空を眺めていると、遠い昔の映像が蘇るのであった。

子どもの頃、江戸川堤や河川敷で走り回ったり、時には川で釣りもした。帝釈天の境内で悪戯をして怒られたりした情景が浮かんでくるのであった。

洋三は柴又の農家の次男として生まれ、九歳の時に終戦を迎えた。五つ年上の兄は高校を出て農業を手伝うことになったが、三年後に父親が五十歳を出たばかりで急死し、五年後に兄は結婚した。それを見届けるように翌年に母親が他界した。洋三が二十二歳の時であった。

このような事情から、洋三も高卒で墨田区の金型の中小企業に就職した。国内は経済成長の始まりで工場も景気が良かった。十五人ほどの工場には小さな組合があり、洋三も組合員で、組合は特に会社と対立していた訳ではなく権利擁護のための組合であった。

そして、二十四歳の時に六十年安保闘争の運動の中で房枝と知り合い、三年後の二十七歳になって結婚し、現在の土地を相続分として取得したのである。四十半ば過ぎに工場長となった時に社長が若くして他界し、娘がまだ若かったので、婿を迎えるまで実質社長として務め、娘婿が社長に就いてからも定年まで工場長として勤め上げた。苦労もあったが充実した半生であった。しかし、後半生を余生としたくなかった洋三と房枝は、これからは自分たちのための人生を進もうと田舎暮らしを決意したのである。

房枝は惜しまれながらも絵本作家をきっぱりと辞めた。これらの選択は間違っていなかった。房枝の病気さえなかったら……。

生かされてしまったからには、これからの人生をいかに生きていけばよいのか。房枝への償いのためにも、そう長くない残りの人生を他者のために尽くそうと心の奥に秘めた。しかし、前科者となる人間を世間がたやすく受け入れてくれるだろうか。嘱託だろうが殺人者にかわりはない。殺人者が他者のためになどおこがましいと世間は思うだろう。

その時、ドアの視察孔が開き、看守が称呼番号二百十三番を呼び、夕食を告げて食事が差し入られた。刑務所の食事時刻は早い。それにしても、もうそんな時間かと洋三は時計を見た。鉄格子の窓からは茜色の陽が寒気の中を通して壁を染めていた。


洋平は青山家の食卓にいた。今日は洋平と里江の就職祝いのために夕食に集った。

洋平は希望どおり鴨川市のN高校に赴任が決まり、里江は館山のA病院の勤務となった。洋平はとりあえず空き家になっている洋三宅に住むことになった。洋三には既に手紙で知らせてある。できれば出所後も同居しようと勝手に決めている。いくら頑強な祖父でも八十歳である。男の一人暮らしは辛いし孤立するだろう。一緒に暮らせば助け合えるし合理的である。

今日の午前中には当面の生活用品や書籍類を車に詰め込み、柴又を出て来たのであった。

「さあ、乾杯しようか。ともかく二人揃って就職おめでとう。……乾杯！」

泰造が音頭をとった。

「ありがとうございます。がんばります」

「これからは洋平さんも鋸南町の住人ね。人口が一人増えたわ」

花江がビールを口にしながら言った。

「そう言えば、洋三さんはどうしているかな。事件からちょうど一年になるな」

「あと三か月もしないうちに戻って来るわね。出所祝いなんてするのかしら」

「まさか。ヤクザじゃあるまいし。だいたい爺ちゃんはそういうことは嫌うよ」

「そうよね。へんなこと言っちゃったわ」

「ところで、洋平君。高校で何を教えるのかね」

「社会科です。歴史や地理が好きでしたから。理数系はどうも苦手なものですから」

「そうか、俺も理数系はだめだったな。誰しも得手不得手はあるものだ」

泰造は大学を出て郷里に戻り、館山市の職員として定年まで勤めた。二十年以上も前のことである。泰造の妻は息子が高校生の時に他界し、息子も里江が中学の時に早死にしてしまった。油彩画は学生時代から趣味で始めたが、役所務めをしながら本格的に独学し、今では県美術会の会員でもある。

妻にも一人息子にも早く先立たれたが、明るく活発で屈託ない花江と里江が支えとなってきた。横柄な泰造も心の中では感謝しているのである。

「洋平さん。転入手続きは済んだの。こっちの高校に赴任となれば柴又の住所じゃまずいでしょう」

花江が泰造にビールを注ぎながら言った。

「ええ、学校の手続きはこっちの住所でしておきましたが、役場への転入手続きは明日にでもやります。転出書類はもらってきましたから」

「十日もすればN高で教鞭を執るのか。家族もほっとしているんじゃないか。こっちに来てしまって、ちょっと寂しいだろうが」

泰造はビールをあおった。アルコールは強いほうではない。

「そうでもないですよ。うちの家族はさっぱりしていますから」

「それに、洋三さんだって心強いわよ。ご両親もそう思っているんじゃないかしら」

事実、洋平の家族はがんばってこいよ、と送り出してくれたし、洋三の傍にいてくれることで安心もしているのである。

洋平はまだ実感はないが、この地に腰を据え、根を張って生きていくことになるのだろうと感じている。もしかすれば、この家族の一員になるかもしれない。かもしれないではなく、そうなればと思っている。

里江を除き酔いもまわって、祝いの宴もお開きになり、結局、洋平は泊まることになった。二階の部屋に里江が敷いてくれた布団に大の字になった。天井がぐるぐる回りだし、洋三と房枝の顔が暗がりの天井にゆっくり回りながら映っている。


五月も末、十日後に迫った出所を前に、洋三は独房の小さなテーブルを前に座っていた。受刑者となって一年、刑期が終わろうとしていた。

房枝を病魔から守ってやれずに、手をかけてしまった後悔と苦悩、家族への負の遺産や周囲の人びとへの迷惑を心が潰れるほどの苦痛が頭を支配していたが、しかし、もともと持ち合わせていた頑強な心は時間とともに、それらを解きほぐしていった。留置場にいた時からノートに書き留めてきた自らの苦悩と告白、心の整理をすることで、改めて自分と向き合うことがそうさせたのであろう。

今ではそのことに加え、認知症患者と家族のための対策、特にこの問題では先進的な活動をして、国政までも動かしているイギリスの例や、日本でも動き始めた活動の本を取り寄せてもらい勉強もした。それらを整理して活動の提案も最後にまとめた。

洋三は秘かに、これらをまとめて自費出版しようと思っている。出所後に時期を見て、認知症患者と家族の会なるものを地域で立ち上げようと思うようになったからである。それが房枝に対する供養であり、償いになると心に決めたのである。死に損なった自分だが、生きることを決めたからには閉じこもっている訳にはいかない。世間の風当たりはあるだろうが、それが残りの人生に課せられた責務であると思っている。

その日がきた。六月五日、洋三の出所の日である。午前十時、入梅前の初夏の香りがする晴れた日である。

刑務所の正門から少し離れた駐車場に洋平と里江、洋美の若い三人が立っている。正門脇の通用口から洋三が大きめの布製のバックを提げ、ゆっくりと確かな足取りで出て来た。三人は駆け寄り、洋美が抱きついた。

「爺ちゃん。待ってたよ」

「……」

「お疲れ様でした。少し太りましたか」

「そうだな。毎日、規則正しい生活だし、よく眠るからなー」

「車で来ています。帰ってからゆっくり話しましょう」

「おじさん。荷物を持ちましょう。お疲れ様です」

「里江さんにはほんとうに迷惑のかけっぱなしで申し訳ない。泰造さんやお母さんは元気かね」

「はい。元気にやってます」

車は一路、鋸南町の洋三の家に向かった。

車内は若い三人で華やいた雰囲気であったが会話は少なく、時折、学校のことや病院の仕事など三人の会話となってしまう。これからはこの子どもらの若い時代になっていくことを願いつつも、自分の背負った責任を果たすためにがんばらなくてはと、三人の顔を見ながら洋三は心に誓うのであった。

（五）

どちらかと言えば、空梅雨と言えそうな梅雨に入っていた。

洋平は鴨川のN高校の社会科の教師として三か月が過ぎていた。担任は一年生を受け持っていて、剣道部の副顧問をやっている。家庭の事情を顧問に話し、平日のみの練習にして、土日の練習や試合の引率などは休ませてもらっている。防具は祖父の愛用していたものをもらい受け、稽古着は新調した。

高校以来の剣道をやることになるとは思いもよらなかったが、部活担当としては剣道しか経験がなく、自身としても身体を使わないとなまってしまうという理由もあったからだ。帰宅も六時前にはなかなか帰れないのが実情で、平日の夕食作りは祖父の担当で、毎日の朝食と土日の全食の支度を洋平が受け持つことに決めている。

この日も洋平は七時頃に帰宅した。洋三は夕食の支度を済ませ、テレビを見ながら湯呑み酒をちびりとやっていた。二年近く飲んでいなかったのに酒はやめられそうもないが、量は少し減ったようだ。もともと多弁ではなかったが会話も少なくなったように感じる。絵も再開したが抽象的な絵に変わってしまい、遅遅として進まない。元のような祖父に戻らないまでも、元気な洋三になって欲しい。じっくり待つことだと洋平は思っている。

洋平がテーブルに着くと、洋三が言った。

「洋平。出版社を知らないか」

「何ですか、いきなり。……そうですね、安房地域では出版社など聞いたこともないし、この地域では出版社など成り立たないでしょう」

「そうだよなあ。俺も二十年になるけど、聞いたことがないものな」

「出版社ねえ。何か頭の隅にひっかかっているんだけど出てこないんだ。……そうだ！　川名さん、刑事の。彼の息子さんが、確か出版社に勤めていると聞いたのを思い出しました。足立区の北千住に住んでいるとか。そうだ、僕と同じM大卒なんだって」

「ほお。そんなこと初めて聞いたよ」

「ところで何を出版するんです?」

「まだ話してなかったが、お前に差し入れしてもらったノートに書き留めた原稿を整理したやつを自費出版しようと思っている。それと、時期を見て、この地域に認知症患者と家族の会みたいなものを立ち上げようと思っている。俺のような者がやるのは難しいかもしれんが、房枝の死を無駄にしないためにもやらなくてはと思っている。どうなるかわからんが」

「いいですね、賛成です。婆ちゃんも喜ぶと思います。手助けしますから。さっそく川名さんに聞いてみます」

洋平は目の前が開けたような気がした。

――そうだったのか。

出所以来、外出したのは青山宅と近隣の親しくしていた人に詫びに回ったくらいで、後は家に閉じこもり、机に向かっていることが多かったからである。出版のための整理をしていたのだ。これで祖父も前に一歩踏み出すことができるだろう。意志が強いといっても八十歳を過ぎ、体力が落ちてきている。これからは自分が支えてやらなくてはと胸に飲み込んだ。

洋平は翌日の昼休みに館山のT警察の刑事課に電話した。川名の話では、息子家族が来週の三連休に里帰りすることになっているので、紹介しようということであった。

連休の二日目に川名浩一と息子が訪ねて来た。息子は名刺を出して、

「川名浩と申します。事情は親父から聞いております」

三十半ばの美男で父親とは似ていない、母親似なのだろう。

「涌井さん、お元気そうで何よりです。一年間、ご苦労様でした。きつかったのではないですか」

「初めはきつかったが、じきに慣れました。あなたには世話をかけました」

「いやあ、仕事ですから。しかし、公判の時の検察官への毅然とした反論は大したものでしたね」

「あの時、気が付きませんでしたが、あとで孫に聞きましたよ。あれも仕事で？」

「いや、傍聴に行ったのは私事です。安房地域ではこの手の事件はめったにありませんから。いや失礼。それにあなたに興味があったのかもしれませんね」

「それはどうも。ありがたいことです」

事件後、再会した二人は話が尽きない様子だったが、川名の息子が言葉をはさんだ。

「ところで、読んでみないと何とも言えませんが、まとめた原稿をお借りできませんか。その上で、本としてまとめられるか検討させてください。注釈や感想を付けて返送させていただきます」

洋三はノートを整理した原稿を川名浩に渡した。

「今どき手書きで悪いね。パソコンはやらないものだから。根っからのアナログ人間でね」

「いや、かまいませんよ。プロの作家でも手書きにこだわる人はいますから」

「涌井さん。お孫さんから聞きましたが、この地域で認知症患者と家族の会を立ち上げるということですけど、いいことです。死んだ奥さんも浮かばれることでしょう。鋸南町ではわかりませんが、館山市でも結構、患者さんいるみたいですよ。警察にも徘徊の捜索願いが時どきありますから」

「もし、本が完成したら、安房地域の患者の実態調査から始めるつもりです」

「私も来年の春には定年退職です。協力しますよ。警察官の経験が役に立てばいいが。あなたを逮捕した人間が協力するなんて変な話だが」

権力を背にした警察官でも退職すれば一人の人間である。それ以前に警察官らしからぬ人間臭さがおもしろいと、洋三は思っていた。

それから一週間後、手書きの原稿とパソコンでワープロされた原稿が返送されてきた。その中に読んだ感想と変更すべき文書などの指摘や校正もしたので、読み直して欲しいとの手紙が同封されていた。結論は自費出版としては力作であるとのことである。

洋平は初めて洋三の原稿を読んで感動した。今までこのような文才があるとはまったく知らなかったからだ。

洋平はほっとしている。祖父、洋三は動き出したのだ。服役中に祖母への後悔と苦悩を告白し、そこから這い上がって償いの道を探したのだろう。これからも辛い壁にぶつかることはあるだろうが、光は見えたようだ。

（六）

洋平の教員生活も三年目の春を迎え、初任の一年生も最終学年である。担任としても、社会科の教鞭もだいぶ板についてきたようだ。部活の剣道も高校時代の感覚が戻り、部員たちとも互角に稽古ができるようになった。

ただ気になったことは、この地方に限らないことだが、高校を出ると進学するにしても、就職や自営の家業を継ぐにしても、地元に残る者は僅かであることがわかった。農漁業や商工の自営業にしても後継者に困っている。困っているというよりも生業として食べていけないのである。

進学率は八十パーセントを越え、残りの二十パーセントが就職の道へ進むのだが、安房地域の雇用は僅かである。高校教師として、この地に定住を決めている洋平にとって、この問題は二年の間に痛感させられたことであった。何とかならないものだろうかと思っていた。

そんなある日、鴨川市で地域活性化セミナーが開催され、参加することにした。そこに、一つ先輩で実家が鋸南町にあるという数学教師の小滝正一という同僚と知り合った。小滝とは挨拶ぐらいはするが、これといって話を交わすこともなかった。しかし、印象は悪くはないと感じていたのである。洋平から話しかけ、学生の進路の問題や地元での雇用と過疎化の問題など、思いを語った。

小滝は数学教師とは思えないがっしりとした体育系の身体と、鬼瓦のような顔で豪快に笑う屈託のなさに好感が溢れていた。まだ子どもはいないが妻帯者でもある。洋平の思いに同感した小滝の提案で、同校や館山の高校教師などに呼びかけて、勉強会を立ち上げようということになり、洋平が呼びかけ案内文書をまとめることになった。

一か月ほどがたって賛同者が現れた。さすがに地元出身教師である小滝の呼びかけで、地元出身者三名をはじめ五名が賛同の返事をくれたのだ。二人を含め七名となり、早速、第一回の勉強会開催を決めた。やはり、この問題は教師として気になっていたに違いなかったのだが、そのきっかけがなかったのだろうと洋平は実感した。

全国どこでも地方では過疎化が進み、限界集落という言葉もある。若者は現実的な生活を求め都会に集中する。地方の基幹産業である小規模な家族的農林水産業は関連産業も含めて衰退し、そこには雇用もない。若者にとって生活や家族を持ちたいという希望が持てないのが現実なのだ。一方では都会の若者を中心に効率や物質第一の競争社会を棄て、自然の循環に身を置き、生き甲斐や精神的豊かさを求めるという価値観の変化が生まれていることも確かだ。地方と都市の落差を埋めることができれば、解決の糸口が見えてくるはずだと洋平は考えている。

確かに田舎暮らしは不便も多く、経済的にも厳しいのは現実なのだが、慎ましく生きる覚悟があれば、これほど暮らしやすいところはないのである。それには八十パーセントを超える大学進学者の少しでも多くの若者が地元に戻って来て、農漁業や観光などと連携して新たな企業を生み出したり、そこにI・Tを導入するなどして雇用を広げていくことができるはずである。まずは勉強会のメンバーを中心に、いずれ地域での賛同者を広め、都市での同輩の連中との交流を深めて知恵を出し合っていくことだ。里江さんにも加わってもらおう。

この地域で生きてゆこうと決めた洋平にとって、これらの問題で地域と関わっていくことは祖父、洋三の教えを実践することでもあり、里江との将来もあってのことである。何よりも教師として、教え子たちが郷里であるこの地に誇りを持って住み続けられる環境を創ることであると、使命感みたいなものがわいてくるのであった。

五月下旬の良く晴れた日曜日の昼過ぎに、洋平と里江は長狭街道を鴨川に向かって車を走らせていた。小滝正一を訪ねるためである。長狭街道は鋸南町から鴨川市までの房総半島を横断する県道である。新緑が深まる小高い山の間を縫うようにし、鴨川市に入ると平地が広がりはじめた。

小滝の家は金東《こずか》という地区にある。中古の戸建て住宅をリフォームしたもので、空家対策の空家バンクに登録された物件で賃貸と聞いている。

妻の美鈴が出迎えてくれた。小柄でチャーミングな容姿は、夫である正一とは夫婦という感じがしない。

「いらっしゃい。小滝の妻の美鈴です」

「初めまして、涌井と申します。お邪魔します。こちらは青山里江さんと言います」

「青山です。今日はお世話になります」

「どうぞ、お上がりください。散らかっていますけど」

玄関脇の六畳ほどの居間に通された。リフォームされたようで床板が新しい。前は和室だったのだろうか、こぎれいに洋風になっている。二人はソファーに腰をおろした。

やあ、と言って小滝正一が入って来た。

「いい環境ですね。敷地も広く陽当りも良くて、住むには最高ですね」

「そうなんだが、一つだけ厄介なことがあるんだ。時どき猿のやつが裏山から降りて来て、庭先の菜園を荒らしやがってね」

「鋸南でも獣害が大変らしいですよ」

「知ってるよ。そもそも、この問題は人間様が悪いのさ。農林業の衰退で山が荒れて里では耕作放棄地だらけじゃ、嫌でも獣は里に降りて来るさ。奴等のせいじゃない。里山というのは人間が手を入れるから成り立っている訳で、人が手を引いてしまえば壊れるのは当たり前さ」

「何でこうなるまで放って置いたんですかね」

「突き詰めれば政治の問題だが、利益や効率第一の競争社会のしわ寄せだろうね。それも急速に進んでしまった。壊れたものを回復させるには時間と覚悟が必要だよ」

「しかし、座していては始まらない。我われのやろうとしていることもその一つということです」

「その通り。君の提案で動き始めた訳で、気がついたら考え行動するということかな。ところで、勉強会の段取りだが……」

そこに妻の美鈴が紅茶と菓子を運んで来て話に割り込んだ。

「涌井さんと青山さんはいずれ一緒になるんでしょう。お似合いだわ」

「いやあ、今は考えていません。いずれはと、ちょっとだけ思っていますけど」

里江は照れながら、いただきます、とティーカップに手を伸ばした。

「里江さんは看護師をやっているんですってね。私も介護をやっています。パートですけどね」

「介護現場も大変ですよね」

「そうね。それに給料も安いし、だから、どこでも人手不足みたい」

「そうですね、要支援を切り捨てたり介護報酬の切り下げなど、介護の現場もますます大変ですよね」

「さっきも言ったけど、弱いところに皺寄せされる。弱者切捨て社会だからな。……話がそれちゃったな、本題に戻そうか」

「あら、ごめんなさいね。私が里江さんに話を向けたものだから」

美鈴は紅茶を入れ替えましょうね、と言って部屋を出て行った。

「いいんじゃないですか。今の話も大事なことですよ。ところで、第一回目の勉強会を来週の土曜日の午後はどうでしょうか。それまでに議論の材料に、学生の進路の実態や地元企業の雇用状況を調べてプリントしておきます」

「悪いね。五人への連絡は俺がやっとくよ。口頭連絡でいいだろう。よし！　第一回勉強会は決まりだ。里江さんには書記をやってもらいたいが、土曜の午後は大丈夫かね」

「来週の土曜日だったらシフトから外れていますけど、私が書記役ですか。……仕方ありません、いいですよ。乗りかかった舟ですから」

「ところで涌井さん。我われの教え子たちが地元に定住する。進学するにしても戻って来る。都会の学卒たちを地方に引っ張り込む。その環境づくりをする訳だが、ギャップが大きすぎて小さな力では動きそうもないが、具体的にはどんなことが考えられるかね」

「覚悟が必要でしょうが。先ほど先輩が言われたように、本質的には政治の問題なんでしょうけど、地方の衰退は基幹産業である農漁業の衰退であり、過疎化と一極集中を生み出しています。ですから、基幹産業に雇用を生み出していくには法人化していくことだと思います。それと、南房総には観光という目玉があります。これらを地元企業と連携して、I・Tやネットを駆使して六次産業化を目指すということです。簡単にはいきませんけど。それにはI・T関連の起業を誘致することです。学卒の連中で東京を中心にI・T企業に就職している者や、独立して起業している連中に誘致を働きかけるというものです。これにはかなりの移住の好条件がなければなりませんが。他にも考えられることはあると思いますが」

「なるほど。……ともかく、勉強会でいろいろ出してもらって方向を見つけ出すことだな。その後に大学の同輩や後輩に加わってもらおう。できれば教授なんかにも協力を仰ぐということだろうな」

「何ごとにもそうですけど、人ですよね。若者、馬鹿者、よそ者などと言うけれど、最後は地元の人が腰を上げないと」

「言われたなあ、涌井さん。君を除けば三人とも地元の人間だし、賛同してくれた五人のうち、三人も地元だ。こりゃあ、がんばらないと。ねえ、里江さん」

「あら、こっちに振るんですか。がんばりますよ」

四人はその後も紅茶と菓子を摘みながら地域の将来のことや、それぞれの仕事のことを語った。その中で洋平は祖父母のことを話した。小滝は事件のことは知っていたようで、洋平の話を理解してくれた。長い付き合いになるであろう小滝には、話しておく必要があると思ったのだ。

長狭街道を西に向かい、鋸南町に入る頃には西の空が茜色に染まっていた。

小滝正一を訪ねて良かったと洋平は思っている。教師は教鞭だけ執っていればいいというものではない。学生と関わり、彼らの進路や将来に関心を持つのは当然で、それには地域社会と関わることは必然なことであろう。その原動力は人である。考えを共有する人の輪が広がっていくことが大事なことなのだと、小滝という人間と会って納得するのであった。

里江も自分を振り返って、祖父や母と狭い町の中で何の変哲もない暮らしが、洋平と知り合い祖父母と触れ合い、あの事件を経験し、看護師となって今、地域社会と関わろうとしている自分の変化を実感しているのである。

「気さくで、いい夫婦ね」

「あの厳つい顔と奥さんの可愛い顔が、どうもしっくりしないが」

「悪いこと言うわね。男は顔じゃないって言うじゃない。あの笑った顔は愛嬌があるわ」

「今頃、クシャミしてるよ」

「でも、この勉強会が発展するといいわね」

「そうだね。当初はみんな教員だし、考えは持っているはずだから心配はないと思う。それよりも賛同者が一回の呼びかけで五人も出てくれたということは、それぞれの教え子の進路と地元のことを心配しているという証拠だと思うよ」

「私も少しは協力するわ」

車は里江の家に向かっていた。今日は日曜日で食事当番は洋平である。里江を送ってから帰宅しようと思った。

「食事はしていかないけど、支度するの手伝っていくわ。我家も母の当番だから」

青山家も里江が看護師として働くようになってから、里江の勤務のシフトに合わせて当番制にしている。

「食材はあるから手伝うほどのことでもないよ」

「でも、手伝うわよ。家に帰っても、どうせ手伝わされるんだから」

「それじゃあ、甘えることにするか」

「このところ、おじさんとも会っていないし。ところで、おじさんの本、町で話題になっているみたい」

「話題って、どんなふうに」

「事件について賛否はあるようだけど、田舎では認知症のことを表に出したがらないでしょう。独居老人や老老介護の問題を見直すきっかけになるんじゃないかしら」

「爺ちゃんも、それが狙いだったようだから。認知症家族の会の準備もがんばっているみたいだね」

洋三は自費出版した後、青山泰造をはじめ、年金組合の仲間と話し合いを重ね、本も広めた。認知症当事者とその家族同士がつながれば、社会からの孤立を防ぐことができる。介護施設だけでは救いきれないものが家族会にはあると洋三は確信している。本の中身もそのようにまとめられている。

里江は夕食の支度を手伝った後、洋平に送られて帰宅した。その夜、洋平と洋三は酒を飲みながら、お互いの活動を時間を忘れて議論した。久しぶりのことである。

このところ剣道部の稽古にも熱気が帯びている。半月後に県大会の地区予選があるからで、N校はうまくすれば予選突破が可能なのである。男女とも団体戦と学年別個人戦があり、特に男子団体戦は有望である。

その日、練習が終わり更衣室で汗を拭き着替えが終わった頃に、二年生男子の川崎という部員が、他の部員がほぼ退室したのを見計らって洋平の前に立った。

「先生、話があるんですが」

「何かね、改まって。部活のことか」

「はい。試合を前にして言いづらいんですが、部活を辞めたいんです」

「それはまいったなあ。どんな理由があるんだ。まあ、座れや」

川崎は二年生で、唯一レギュラー候補に上がり、顧問と話し合っていたところであった。

「バイトをしたいんです。家計が厳しくて少しでも母親を助けないと」

「そうか。……そんなに厳しいのか」

川崎は母子家庭で、中学生の妹がいることは洋平も知っていた。

「はい。前から悩んでいたんですが、なかなか言い出せなくって。今度の試合が終わってからでいいんですが」

洋平は自責した。今まで、部員が悩みを抱えながら部活動をしていることを見逃していたのだ。

「君の母親は食品加工会社に勤めていると聞いているが、正社員じゃないのか」

「いえ、パートです。月収十五万円くらいしかなりませんから」

「そうか、賞与がちょっと出たとしても年収二百万そこそこじゃ、厳しいな。ところで、両親は離婚したようだが、父親から養育費はもらえていないのか」

「養育費を出すような親ではありません。一緒にいた頃から飲んだくれで、ろくに仕事もしませんでしたから。今は木更津のほうにいるみたいですけど」

「生活のことで家族の話し合いはあるのかね」

「ええ。ありますが、いつも出費を抑える話ばかりで、母親はがんばると言っていますが、がんばったって給料が上がる訳でもないし、正社員になれる訳でもないですから。自分も高校出たら働くつもりです。それまでバイトで少しでも稼がないと」

「えらいなあ。君は勉強も優秀だし、本来なら進学して能力をもっと伸ばして欲しいところなのに。何とかならないものだろうか」

「いいんです。諦めから言うんじゃないですけど、働くの好きですから」

「俺もよくわからないけど、生活保護制度というやつがあるが、知ってるかい。生活指導や教育委員会に相談してみる必要があると思うが、どうだろう」

「知っています。僕もよくわからないですが、母親と話したことがあります。母親は惨めだから嫌だと言っていましたが」

「生活保護はともかく、学費免除とか何かあるはずだ。俺も勉強不足で申し訳ないが、ちょっとあたってみることにしよう」

「心配かけてすみません。部活のことよろしくお願いします」

「わかった。顧問には話しておくが、他の連中には言わないでおくから。勉強のほうも手を抜くなよ」

「はい、わかりました」

洋平はまたもや教育の現実を目の前にした。教育の貧困である。家庭の経済的理由で教育の機会が奪われ、将来の夢も持てない子どもたち。六人に一人が貧困と言われる子どもたち。それが次世代に連鎖する、貧困の連鎖である。洋平は川崎を見送って気が滅入ってしまい、大きくため息をついた。

——何とかしてやらなきゃ。

自分に言い聞かせるように呟いて更衣室を出ようとした時、スマホがポケットで鳴った。

「もしもし、涌井ですが。……どちら様ですか」

少し間があった。

「洋平さん。里江の母です。さっき館山のA病院から連絡があって、里江が交通事故にあって大怪我をして救急車で運ばれたのよ。私も職場から直接、病院に着いたところなの。緊急手術で待機しているところなの。洋平さん来られるかしら」

「もちろん行きます。ちょうど下校するところですから。A病院ですね」

「待っています。気をつけてね」

花江は気が動転している様だが言葉ははっきりとしている。気丈夫な人だと感心した。

すぐに祖父、洋三に電話し、事情を説明した上で夕食は先に済ませてくれと告げ、館山へ車を走らせた。

——何てことだ。

川崎のことで気が滅入っていたところに里江の事故の報である。A病院と言えば里江の職場である。職場の病院に搬送されたのであれば、帰宅に就いて間もなくのことであろう、事故は館山市内かもしれない。いずれにしても病院の後、警察に行くことになるだろう。今日はまともには帰れないと覚悟を決めた。

そんなことはどうでもいいことだ。緊急手術。頭にガンと響く言葉である。頭蓋骨挫傷、内臓損傷、複雑骨折など言葉にしたくない言語が頭の中を駆け巡った。

——落ち着け。

洋平は自分に言い聞かせるように声を出して、ハンドルを叩いた。

病院に着いたのは六時半を回っていた。里江は救急治療室から手術室に移され、手術中である。母、花江は廊下の長いすにうつむいて座っていた。

「遅くなりました。本人に会いましたか」

「いいえ、私が来た時にはすでに手術中でしたから」

「それじゃあ、どんな状態なのかわからないのですね。終われば説明があるでしょうけど」

「私もちょうど職場から出ようとしていたところに病院から連絡があったの。何がなんだかわからないのよ」

「ところで、警察からは何かありましたか」

「いや、何も」

「そうですか。今、警察に連絡とってみます。いずれ行くようになるでしょうから」

洋平は、その前に救急隊の搬送報告書があるかどうか確かめに院内の事務室に出向いた。事故内容と怪我の状況が少しでもわかればと思ったのである。青山泰造が自転車で転倒し、救急搬送した時に隊員が病院側に書類を渡していたように記憶している。

　書面には症状として、右上腕骨折の疑いと右足下部の複雑骨折の疑いとあり、意識はあったと記されていた。洋平は礼を告げてT警察の電話番号を聞いた。花江のところに戻り、状況を説明した。花江は驚きの声を上げ、顔を両手で覆った。

　洋平の心も沈んだが気を取り直して、T署の交通課に電話をかけた。交通課の担当官によると、事故の相手方も打撲を負っていて別の病院に搬送されたということで、明日改めて本人立会いのもとで現場検証を行なうということであった。明日午後二時、事故現場。いずれにしても今日の現場検証では、相手の一時停止違反が事故につながったことは確実だろうということであった。

　里江本人の代理として現場検証に立ち会いたいと告げ、電話を切った。

「そういうことで、明日の午後二時に現場検証に立ち会います」

「私も行きます。職場のほうは何とかなりますから。それより学校の授業は大丈夫なの」

「明日の午後は一時間だけですから、代替えを頼みます」

　その時、手術室のドアが開き医師と看護師が出て来た。

「ご家族の方ですか。今日は時間も遅いから明日にでも詳しく説明したいと思いますが、右腕が一か所の骨折と右足の膝下が複雑骨折で、こっちのほうが良くありません。処置はしましたが、下手をすると膝下の切断ということも否定できません。ともかく一晩、経過を見ます」

「わかりました。明日の午後に警察の現場検証に立ち会うことになっていまして、その後にこちらに来たいと思いますが、先生は在勤されていますか。午後四時過ぎになるだろうと思いますが」

「明日は一日中いますよ。青山さんのお母さんですか。担当は違うけど、彼女は優秀な職員ですから治ってもらわないと困るんです。それにしても相当激しくぶつかっていますね」

「警察の話では一時停止違反で、ノーブレーキだそうです。切断もありえるということですが、それだけは何とかならないでしょうか」

「お願いします！」

花江は顔の前で手を合わせた。気丈夫な花江も可愛い娘の不遇に涙した。

次の日、洋平は午後の授業の代替えを教頭と打ち合わせて、昼食を済ませて薄曇りの街中を館山に向かって車を走らせた。事故現場には二時前に着いた。すでに花江がその交差点に一人立っていた。交差点のアスファルトの路上には、昨日の事故の大きさを物語るように事故の痕跡が消えずに残っている。

「昨日はどうも。待ちましたか」

「少し。いろいろと洋平さんには迷惑をかけるわね」

「こんな時に何を言ってるんですか。当然なことです」

間もなく警察のワゴン車が一台到着し、交差点から少し離れたところに車を寄せ、警官四人と老人が降りて来た。すぐさま片側通行にして二人の警官が交通整理に就いた。年配の警官ともう一人が老人を連れて洋平たちのところにやって来た。

老人は八十歳は過ぎているであろう、小柄の坊主頭で無精ひげを伸ばし、意気焦心しきった顔をしている。腕には包帯が巻かれ三角巾で吊るされている。

「こちらが相手の身内の方で、何と言ったっけかな。そう、青山さんだ。それで、こちらが小浜さんです」

「母親の青山です」

「小浜です。今度はとんでもねえことをしちまって申し訳ねえ。かかあにこっぴどく怒られちまった。もう車にゃ乗らねえだ」

「小浜の爺さん。その話はもういいから。さて始めようか。ところで、どの時点で相手の車を確認したのかね」

小浜という老人を一時停止側の道路に連れて行った。洋平たちも後に続いたが、もう一人の警官が小声で、爺さんはかなりのボケで同じことを何回も聞かされたと告げた。

——認知症なのだろうか。

認知症高齢者が運転していては車は凶器となってしまう。免許の更新はしたのだろうか。今は高齢者の更新時には認知機能検査があるはずで、彼は更新時には運転能力があったということである。

地方では車なしでは買い物一つできない。だから、高齢になっても無理をして運転をしなくてはならないのが実態なのだろう。しかし、今はそんなことを思っても始まらない。目の前には里江の将来さえ壊してしまった老人と、事故の現実に向き合うことだ。

現場検証は事故当時の双方の車の状況と計測にもとづいた図面に、当事者の証言の違いの確認作業であったが、小浜という老人の記憶は曖昧で埒がいかないようである。

いずれにしても、信号のない交差点で老人側には一時停止の標識があり、ブレーキ痕がない。衝撃の強さから四〇キロ近くは出ていただろうと警察は判断している。老人にはスピードの記憶はなかった。現場検証の計測図によると、老人の普通乗用車は里江の軽ワゴン車の運転席側に横から激突していることが想像できる。里江が走行していたのは県道であり、老人が少なくとも徐行していれば里江は回避できたかもしれない。

老人は低速で走行していて交差点でブレーキをかけようとしたが、間違えてアクセルを踏んでしまったのでは、と警官を介して老人に聞いたが、やはり思い出せなかった。結局のところ、本人立会いの現場検証は、事故当日の現場計測の確認と老人の一時停止違反の確認ということで終わった。

洋平と花江は事故車両を確認したいと申し出て、T警察署に向かった。小浜という老人は警察のワゴン車で送られて行った。よっぽど応えたのであろう老人は、もう車にゃ乗らねえ、と繰り返して言った。罪を犯してしまったが、彼にとっては不便さはあるにしても良かったのかもしれない。しかし、一方で、小さな交通違反によって片足をなくしてしまうかもしれない不幸が残るのだ。洋平の胸にはやりきれない思いがこみ上げてきた。

T警察署の裏手の駐車場に双方の事故車両が並べて置かれていた。里江の車の運転席側は乗用車の前部が食い込んだようにえぐられていた。これでは複雑骨折するのも無理はないと察した。間もなくして、老人を送って行った警察のワゴン車が戻って来て、年配の警官が近寄って来た。

「ご苦労さんでした。ご覧の通りでひどいもんだ。警察としては小浜さんの一時停止違反と傷害の罪で処理するが、厳密に言えば娘さんにも前方不注意ということが言えるかもしれないが、ブレーキをかけて回避しようとしたことから、違反としないこととなった。皮肉なもんだね。ブレーキを踏まずに、そのまま走っていれば衝突の可能性は低かった訳だ。瞬時のことだから何とも言えないがね」

「起きてしまったことは仕方ありませんが、いずれにしても一方的な事故と受け止めていいんでしょうか」

花江が念を押すように言った。

「警察は要求によって事故証明は出すが、示談はあくまで事故当事者の問題だから。相手の氏名、住所、電話番号は教えておくよ。ちなみに任意保険は入っているから。内容についてはわからんが」

花江がメモ書きを受け取り、礼を言ってT署を後にし、A病院にそれぞれの車で向かった。

薄曇だった空がいつの間にか厚い雲に変わっていた。今夜は雨になりそうである。

病院に着いたのは四時を少し回っていた。来院者はすでに少なく院内は静かである。受け付けで外科の担当医に問い合わせてもらい、外科診察室前の長椅子で十分ほど待たされた。診察室前にはすでに受診者は誰もいなかった。

最後の受診者であろう人が出て来て少ししてから、青山さんどうぞお入りください、とドアから顔を覗かせた看護師が甲高い声で呼んだ。入室し、挨拶を交わして座るなり、担当医がパソコン画面を示して説明を始めた。

「これは手術前の画像だが、押し潰されたように複雑に折れているのがわかるでしょう。画像では見にくいが血管や筋肉の断裂もあり、内出血もひどかった。投薬をしながらもう少し様子を見たいが、状況は良くないね。昨日も言ったが、最悪の場合は切断ということもありうるということです。腕のほうは単純骨折なので問題はないがね」

四十歳半ばであろう若剥げの担当医は淡たんとしゃべっている。

「先生にお願いするしかありません。様子を見るとおっしゃいましたが、どのくらいなんでしょうか」

「そうですね。抗生物質を投与しているが一向に腫れが治まらない。今日いっぱいというところかな」

「腫れが治まらないと、壊死が始まるということですか。薬が効かないんですか」

洋平が迫った。何としても切断だけは回避したい思いである。

「簡単に言えばそういうことです。投薬の検討はしてみますが」

何とも頼りない話である。手術そのものも疑いたくなるが、今さらどうしようもないと洋平は怒りを覚えた。

「あらゆる手立てをお願いします。何としても切断だけは……」

「明日の朝に判断します。午前十時に来院してください」

二人は診察室を出て里江の病床に向かった。三階にある個室に里江はいた。二人の入室で目を覚ましたが、鎮静剤のせいで意識が虚ろなのか目と唇で応対した。里江の顔をなでながら花江が声をかけた。

「大変だったね。気をしっかり持ちなさいよ」

里江は微笑を浮かべ小さく頷いて、かすれた声で言った。

「ありがとう。大丈夫よ。……先生は何と言ってた？　切断するって言ってたでしょう。勘でわかるのよ」

「何を言ってるんだ！　決め付けてはだめだ」

洋平は誰に言うことではなく怒りがこみ上げてきて、声を荒げてしまい、ごめんと付け加えた。

「これを見て。一日たっても腫れが引かないのよ。このままでは壊死が始まるわ」

里江はかけてある毛布をたぐり、足先を見せた。膝からかかとにかけて固定された包帯の先が赤紫に腫れあがっている。

「担当医は抗生物質が効いていないと言ったが、そんなことがあるの？　それに投与の工夫をしてみるというようなことも言っていたけど、薬の増量とか種類を変えるってことなの。そんなことがあるのかな」

「何とも言えないわ。詳しいことはわからないけど、複雑骨折の場合は難しいことは確かなのよ。部位にもよるけど、下肢は骨が二本あるでしょう」

「明日の朝、判断すると言っていたわ。十時ということだから、あなたの受診に立ち合うということかしら。休暇とるから」

花江は言いながら毛布をかけ直してやった。

「悔しいけど、まな板の鯉ね。なってしまったことは仕方がないけど、事故を恨むしかないわ」

里江の声が詰まり、一筋の涙が落ちた。

芯の強い里江だが、瞬時の事故によって惨めな姿になってしまった自分が情けなく、悲しさがこみ上げてきたのであろう。

「慰めようもないけど。自棄な気持ちにはならないで」

洋平は慰める言葉も見つからず、事故の現場検証に立ち合い、小浜という老人の一時停止違反によるものであったことなどを簡略に話した。しかし、里江にとっては事故を恨むとは言ったが、事故などどうでもいいのではないか。ただ、一瞬にして変わり果ててしまった悲しみと怒りをどこにぶつけていいのかわからないでいるのであろう。

三人はいくつかの言葉を交わしたが、暫らくして花江が、また明日来るからね、と言って病室を後にした。六時を回っていた。

重く垂れ下がった空からはポツリと雨粒が落ち始めていた。

「洋平さん。明日は私一人でいいから。二日続けて休む訳にもいかないでしょう」

「帰って確認してみますけど、来られたら来ます」

「無理しないでね」

二人はそれぞれの車に乗り、洋平が前を走った。間もなくして夕闇の空から雨は本降りに変わった。

「よお、お帰り。本降りになったみたいだな」

洋三は夕食の支度を済ませテレビを見ていた。食卓からはカレーライスのいい匂いが鼻を突いてきた。帰宅は遅くなると告げておいたのだが、待っていてくれたのだ。

「今日はカレーだぞ」

食事の仕度は当番制で、洋三は平日の夕食が当番である。

「さあ、飯にするか。ところで、里江さんの事故はその後どうなった」

洋三はテレビを消して台所から一升瓶を提げて来て、お前もやるだろう、と言いながら湯飲み茶碗に注いだ。

「ええ、里江さんのお母さんと警察の現場検証に立会い、その後、病院で担当医の説明を聞いて里江さんを見舞ってきました。里江さんの足の状況は厳しいですね」

洋平は事故と病院での経過を詳しく説明した。洋三は湯飲みをあおっている。

「里江さんの足は厳しいか。……事故は一方的と見ていいんだな」

「はい。里江さんの前方不注意は過失とは言えないと言っていましたから」

洋平もちびりとやり、カレーを一口頬張った。

「そういう爺さんじゃ、事故のほうは保険屋とのやり取りだが、任意保険には入っているんだろうな」

「保険には入っているそうです。内容までは確認できませんでしたが」

「問題は里江さんの足だな。その医者も頼りないが、今さらしようがない。後は彼女の生命力か。

交通事故で片足を失う例は結構あるからな。それにしても複雑骨折は厳しいな」

洋三は大きく溜息をついて酒を喉に流し込んだ。カレーには手をつけず、沢庵をぼりぼりと噛んでいる。洋三は横柄さはなくなったが以前の気骨のある老人に戻っていた。

「俺も八十を過ぎた。いつ、あの世から迎えが来るかわからん。せめて、お前たちの行く末を見てからじゃないと房枝に顔向けができんからな」

「何を言ってるんですか。婆ちゃんの分まで長生きしてください。まだやることがあるでしょう」

「そうだなあ。房枝に償うためにも、もう少しがんばらなくちゃな」

洋三はやっとカレーライスの皿に手を伸ばし、一気に半分ほど口に運んで、ついでに酒も流し込んだ。

「家族会の方は進んでいるんですか」

「ああ、今のところ二か月に一度ずつ、鋸南町と館山市を中心に二か所で集まりを持っているが、両方で十人くらいかな。なかなか表に出たがらなくてな。年金組合の連中が動いてくれているが、社会福祉協議会との連携がうまくいかなくて困っている」

「川名さんはどうしていますか。今日、T警察に寄った時に声をかけようかと思ったのですが、病院に急いでいたものですから」

「そうか、彼は館山のほうではよくやってくれているよ。変わった人物だ」

洋三は残りのカレーを平らげ、沢庵をかじりながらグビリと湯飲みを干した。今日はピッチが早い。洋平はとっくに食べ終わり、湯飲みに三杯目を注いでちびりとやっている。飲まずにはいられない。ただ、洋平の頭には片時も里江の様態が離れず、何か焦りのようなものが支配していた。

「何とかならないだろうか、爺ちゃん」

「お前の気持ちはわかるが、起きてしまったことはどうしようもない。最善を尽くすといっても手術は終わってしまったし、一両日が勝負で壊死が始まってしまう。今となっては里江さんの生命力に賭けるしかないんじゃないか」

「仕方ないじゃ、済まされないです」

「じゃあ、どうしろというんだ！」

洋三はつい声高になってしまった。房枝とのやり取りを思い出してやりきれなくなったのだろう。やりきれない気持ちは二人を無口にしてしまった。ただ、湯飲みの酒を口に運んでいた。


翌日の社会科の授業は四時間もあり、代替はやはり利かなかった。部活の指導については顧問に訳を話して放免となった。

下校前に里江の母親に電話をした。花江は自宅にいた。

「洋平です。どうでしたか」

「ああ、洋平さん。だめだったのよ。切除の手術が終わって、さっき帰って来たばかりなの」

「……」

洋平は覚悟はしていたものの胸が詰まって声にはならなかった。

「壊死が進んで早く切らないと膝の上までだめになると言うのよ。今なら膝まで残るって。悔しくて」

「里江さんは？」

「覚悟はしていたからって。……手術の後は顔を見ただけなの」

「わかりました。授業が終わりましたので、これから里江さんのところに行ってきます。帰りに寄りますから」

洋平は病院へ車を走らせた。街中の空は晴れ渡っていたが空虚でしかなかった。今となっては現実を受け入れるしかないが、この悔しさをどこにぶつけたらいいのか頭の中を駆け巡っている。

三階のナース前を横切って個室病床に入った。里江は目を閉じて仰向けに寝ていた。目を閉じてはいるが眠ってはいないのであろう。顔がわずかに緊張している。洋平はベッド脇のスチール椅子に腰をかけた。窓のカーテンの隙間から初夏の強い陽射しがベッドの上に注いでいる。あえて声をかけずに座っていたが、里江が目を開け、少し微笑み小声で話しかけた。

「来てたの。ありがとう。心配かけてごめんね」

「何、言ってるんだ、心配だなんて。当たり前じゃないか」

慰めの言葉は出てこなかった。

「初めから覚悟はできていたのよ。ただ、悔しくて、悲しかったけど」

「……」

「だめなものは諦めるしかないのよ。心配しないで」

「慰めの言葉なんか言ってもしようがないけど、気持ちをしっかり持ってね」

洋平は言葉が見つからず、少し沈黙があった。

「洋平さん、大丈夫よ。強気なことを言うようだけど、片足がなくても生きている人たくさんいるわ」

確かに障害を抱えて社会で立派に生きている人はいるし、足がなくても世界で活躍しているスポーツ選手もいる。しかし、目の前にいる彼女はさっきまであった片足を切断させられたのだ。

「ほんとうにそう思っているのかい。里江さん」

「一人でさんざん泣いたから。もう涙も枯れたみたいね」


その夜、洋平は眠れずに布団の中で天井を見つめていた。なぜか祖父、洋三が愛する妻、房枝に嘱託殺人を犯した事件の後に眠れなかった夜のことを思い出していた。祖父母に何もしてあげられなかった自分を悔やんだ。そして今、彼女に対して無力な自分がいる。

――どうすればいいんだ。

吐き出すように呟いた。現実を受け止めるしかないのであれば、これからの彼女をどう支えていくのか。暫らく漠然と考えを巡らせていたが、最後に心の奥で一つの決断をした。夜も更け、一時を回って、少し風も出てきたが静まり返っていた。

二日後、洋平は下校後に病院へ向かった。前日は学校の行事があり行けなかったのだった。

里江はベッドに横になり点滴中であった。顔の表情は硬いが喪失感はなかった。昼間には青山泰造と洋三が来て、つい先ほどに小滝夫妻が見舞いに来たと、里江は伝えた。

「昨日は来られなくて申し訳なかった。今、どう。痛みはない？」

「少しね。……切除した後は麻酔が切れて痛みに苦しんだわ」

「気持ちのほうはどう。少しは落ち着いた。こんなこと聞くのもなんだけど」

「大丈夫よ。前にも言ったけど覚悟はできていたから。……悔しさは今もあるけど、負ける訳にはいかないわ」

「君は強いな。安心したよ」

「見舞いに来た人たちも言ってたわ」

「ところで、今日、お母さんは？」

「今日は来れないと言っていたわ。そう仕事、休めないし」

「話は変わるけど、手術が終わったばかりで怒られるかな。まだ先の話だけど、リハビリが進んだら義足が必要になると思うんだ。大学時代の同人誌の仲間にその道に進んだ奴がいて、時期がきたら連絡をしてみようと思うんだが、どうかな」

「早いわね」

「馬鹿だね俺も。でも、そういうこともあるということだよ」

「その時はお願いします」

洋平は会話をしながら悩んでいた。一昨日の夜に寝られずに考えを巡らせていた一つの決断をこの場で言うべきか。しかし、何もこんな状況の中で、あえて言うべきことなのだろうか。もっと落ち着いてからのほうが良いのではないか、あれから考えていたのだが、まとまらなかったのだ。お互いに将来のことは意識はしていたが、言葉にはしていなかった。このような時だからこそ、彼女の気持ちを前向きにさせることができるのではないか。洋平は決めた。

「里江さん。こんな時に言うべきか悩んだのだが、……結婚しよう。頼む」

洋平は手を伸ばし、里江の手を両手で握り締めた。

「ありがとう。でも、同情じゃないでしょうね。もし、そうだったら断るわ」

里江には断る気持ちなどなかったが、つい口から出てしまった。同情は嫌だった。

「何、言ってるんだ。君だって自分たちのことは認めているんだろう。同情からこんなこと言えないよ。今がその時だと思ったから」

「……」

「返事は今じゃなくてもいいよ」

「一緒になるにしても同情されるの嫌なのよ」

「はっきり言うよ。断じて同情や哀れみなんかじゃない。一緒に歩いて行こう」

洋平は里江の手を強く握り直した。

「ありがとう」

里江は大きく頷いて、一粒の涙がこぼれた。

洋平はその後、忙しい日日が続いた。事故相手の保険代理店との交渉や義足製作のために大学時代の同僚と打ち合わせをしたり、学校では部活の剣道大会が目前にあった。教員仲間による二回目の勉強会の準備もあった。部活を辞めたいと言っていた生徒については、生活指導の教員に任せることになった。

ほぼ毎日のように里江の見舞いも欠かさなかった。里江もリハビリに励んでいるようである。里江は休職扱いとなったが、義足をつけて復職するにしても三か月以上はかかるであろう。

暑い夏が終わろうとしていた。南房総は早春の花の賑わいから始まり、夏の海が終わると急に寂しくなる。夏の海と言っても、今では臨海学校や家族ずれなどで一瞬の賑わいがある程度で、昔の面影はない。その海辺を洋平は里江の手を取って、ゆっくりと確かめるように歩みを進めていた。

海を渡って来る風はもう秋の匂いがするが、降り注ぐ光は夏の終わりを惜しむように凪の海を照らしていた。

洋平と里江が出会って四年半が過ぎた。その間の出来事や体験は、自身が驚くほど人間的に変化したように思えた。不運や不幸なことでもあったが、人間はそれらを乗り越えようとする能力があるのだと実感するのである。混沌と喪失の世にあっても、人びとは与えられた命と社会の中で懸命に生きている。祖父、洋三の口癖である、人間いかに生きようとしたか、いかに生きたかが大事なのだという言葉が洋平の心をかすめた。

これから先、いくつもの困難があるかもしれないが、南房総のこの地に関わり、里江と家庭を築いていこうという熱い思いが、里江の手に伝わっていくようである。

「少し休もうか」

「大丈夫よ。もう少し歩きましょう」

義足も着装して、病院内での歩行訓練も進み、昨日、晴れて退院となった。

歩行にはまだ杖を補助としながらでないとおぼつかないが、義足の足もしっかりと運べるようになってきた。

「洋平さんと海辺を歩くの何か月ぶりかしら。風が気持ちいいわ」

「そうだね。ところで、今度うちの家族が見舞いかたがた来るそうだ。君とのこと打ち明けたんだ」

「あれ以来、会っていないものね。会いたいわ」

里江がちょっと疲れた、と言って近くにあった切り株に腰を下ろして、額の汗を拭った。

砂浜で貝殻を拾いながら母子が光の中で戯れている。

「そうだ、鬼瓦の小滝夫妻が、おめでただって」

石川 武雄（いしかわ たけお）

1944 年、東京都葛飾区に生まれる。
32 歳で脱サラし、造園業と生花店を起業。
2002 年、南房総・鋸南町に移住し、現在に至る。
安房美術会会員、平和を願う千葉県美術家の会会員、鋸南美術会事務局長。
2014 年、エッセイ集出版。

『風の果て』

2018 年 11 月 10 日　第 1 刷 ©

著　者　石川武雄
発　行　東銀座出版社
〒 171-0014　東京都豊島区池袋 3-51-5-B101
☎ 03（6256）8918　FAX03（6256）8919
https://1504240625.jimdo.com

印刷　モリモト印刷株式会社